COLLECTION S.FISCHER

In »Halbwegs« (erschienen 1979) wird erzählt, wie und warum Hans aus der Stadt in das Dorf Zick kommt und daß er dort nach zahlreichen Initiationsgesprächen und -riten in die Gemeinschaft der Bieresch aufgenommen wurde. Dies bedeutet, und damit beginnt der zweite Teil, »Der große Potlatsch«, für ihn den Zusammenbruch seiner bisherigen Identität. Hans reagiert darauf mit einem heftigen Nervenfieber. In der Zwischenzeit werden immer mehr Dinge aus dem Haus getragen, so auch die Scheibtruhe (Schubkarre), die er unbedingt für sein Postbotenamt braucht.
Auf dem zweiten Rundgang durch den Ort erlebt er, wie unentrinnbar die Wünsche und Ängste auch das Alltagsleben der Bieresch bestimmen. Von Lumiere kennt er das irrwitzige Doppelschachspiel mit Stitz: Stitz spielt so schlecht, daß Lumiere dazu übergeht, mit den geschlagenen Figuren ein Simultanspiel zu eröffnen, das er verlieren muß, je mehr Fehler Stitz auf dem Schachbrett begeht. Rák berichtet, wie er sich ins Vermeidbare einzuüben versucht: Ihm ist Anna zugefallen, aber Anna liebt Naghy-Vág, der sie jeden Tag besuchen kommt. Zuletzt trifft Hans Litfás, der ihm nun seinerseits die Geschichte darlegt, wie ihm Anna abhanden kam. Es ist eine Geschichte vom absoluten Mangel an Freiheit.
Die Gründersage erzählt vom Urfrevel des Landbesitzes, des Besitzes überhaupt, so daß jeder Potlatsch, der kleine wie der große, diesen Frevel zugleich sühnt (einer verliert seinen Besitz) wie auch ihn ständig erneuert (ein anderer erhält diesen Besitz). Und die sprechenden Namen enthalten die sich immer mehr verwirrende Geschichte der endlosen Zuordnung des unrechtmäßigen Besitzes.

»Der große Potlatsch« ist der zweite Teil des Romans
»Bei den Bieresch«. Der erste Teil »Halbwegs«
(S. 1-172) erschien 1979 in der
Collection S. Fischer, Bd. 6.

Klaus Hoffer
Der große Potlatsch

Bei den Bieresch 2

S. Fischer

COLLECTION
S.FISCHER

Herausgegeben von
Thomas Beckermann

Band 29

Originalausgabe:
Veröffentlicht im Fischer Taschenbuch Verlag GmbH
Frankfurt am Main, Februar 1983
Umschlagentwurf: Rambow, Lienemeyer, van de Sand
Gesamtherstellung: G. Wagner, Nördlingen
Printed in Germany 1983
1680-ISBN-3-596-2329-6

Zweiter Teil

DER GROSSE POTLATSCH

»Unsere Geschichte ist der Knoten, der sich knüpft, wenn man ihn löst«, sagen die Bieresch.

Erstes Kapitel

TYPHUS

In der ersten Zeit meiner Krankheit, die so plötzlich im Haus des Wasenmeisters ausgebrochen war und dann mehrere Wochen lang dauerte, war ich wie schon gestorben.

Ich lag zusammengekrümmt, mit bis zur Brust hinauf angezogenen Beinen unter der Bettdecke, die sich wie eine Brotrinde über mir wölbte und unter der der rechte Fuß manchmal unkontrolliert wie ein Tier aus dem Hinterhalt hervorschoß. – Die Augen schmerzten in den Höhlen, und ich hatte das Gefühl, der ganze Körper wäre von einer dünnen, zum Zerreißen gespannten Wursthaut überzogen. Den Takt der Zeit gaben lautlos meine Lider an, die scheinbar einzigen von meinem Willen noch beeinflußbaren und zu mir gehörenden Körperteile. Zum einen ließen sie das Bild der hellen, kleinen Fensteröffnungen des Ballsaals ein, in den mein Bett verlegt worden war, weil sich die Tante davon eine raschere Genesung versprach, zum anderen fingen sie die aus mir selbst kommenden Bilder auf, die unter den Lidern langsam über die Augäpfel aufwärts wanderten. Meine beiden Hände waren fest zu Fäusten verschlossen; in ihnen steckten die Daumen wie zwei kleine hölzerne Kegel.

Der Mund stand immer einen Spaltbreit offen. Ein dünner, nicht abreißender Speichelfaden floß aus ihm. Er hinterließ auf den Zähnen einen unappetitlichen Belag und auf der Wange eine Art schnell trocknenden, gelblichen Schorfs, den meine Tante mit einem feuchten Lappen wegwischte, sobald sie ins Krankenzimmer kam, um mir das Bett zu ordnen. – Ein Teil meines Lebens schien mit diesem Speichel aus mir zu fließen, aber es war ohnedies ein Leben, auf das ich nicht mehr allzuviel gab.

Wegen Ansteckungsgefahr schlief ich getrennt von ihr, allein in dem riesigen, fast leeren Raum, lag oft still auf der Seite und hörte dem Rauschen im verdeckten linken und dem zirpenden Geräusch im offenen rechten Ohr zu, dessen Muschel groß wie eine Schaufel aus meinem Kopf herauswuchs und steif in die Höhe ragte. – Das Rauschen, das tief war, zeigte mir den Wechsel in den Bewegungen meines Blutes an, wie ich mir hatte erklären lassen, der hohe, beinahe singende Zirpton signalisierte die Arbeit meines überreizten Nervensystems.

Manchmal vermischten sich diese beiden Geräusche in mir zu einer Art Geräuschkommentar, der Geschehnisse in meinem Körper begleitete, wo sich in meiner Einbildung ein sanftes, weiches Tier, ein leise quiekender Maulwurf, kratzend und raschelnd den Weg durch Papierknäuel und knisternde Holzwolle wühlte. Und in dieses Rascheln hinein, so kam es mir vor, wurden vom einen Ende des Körpers zum anderen in asiatischen Sprachen, rasch zwischen hoch und tief wechselnd, Satzteile und ganze Sätze gesprochen, deren Sinn ich nicht verstand. – Es waren Ausschnitte aus Verhandlungen, die offenbar ungemein schnell geführt wurden, und oft schien man sich blitzartig über Problempunkte geeinigt und wieder zerstritten zu haben. – Dann wieder hörte ich angestrengt dem von mir losgelösten Blasen meines Atems zu, das wie das Atmen der Tante aus der ersten Nacht in Zick klang und das sich, wie durch mein Zuhören aufgestört, immer tiefer in mich zurückzog, bis es schließlich ganz unten, am Grund meiner Lungen, wie tot liegen blieb.

In solchen Augenblicken zuckte Wahnsinnsangst wie vor dem Schlag einer Peitsche durch meinen Körper, und mit einem Schrei, der diesem endlosen Schrecken doch ein Ende bereiten sollte, stürzte ich weinend aus meinem Bett, um wimmernd an dessen Fußende niederzusinken.

Nach jedem dieser Schreie brach die Tante gleichsam mit Gewalt die Zimmertür auf – immer schien sie ganz in der Nähe, so als wartete sie schon darauf, daß ich wieder schrie –, sah sich um, als gälte es Eindringlinge zu vertreiben, und lud mich, der schon ganz schwach war, weil ich viel von meinem früheren Gewicht verloren hatte und kaum noch sechzig Kilogramm wog, auf ihre kräftigen Arme, um mich zurück ins Bett zu tragen.

Dort lag ich still – Sorgen, Angst, Leben und Tod hatte ich von mir geworfen – und blickte oft stundenlang, an nichts denkend und an nichts mich erinnernd, zur Zimmerdecke, die weiß und herausfordernd auf mich herunterleuchtete und auf der sich allmählich, unter den in meinen Lidrändern versickernden Tränen, die kleinen Risse im Verputz selbständig zu Flußläufen, zu Landstraßen und Gebirgsketten, zu Karten unerforschter Gebiete zusammentaten. Und in diese Karten trug ich in meiner Vorstellung – wie ein Schüler in die Prüfungsblätter seines Erdkundelehrers – kleinere Orte mit einem Punkt ein, größere mit einem von einem Kreis umschriebenen Punkt und Haupt- oder Großstädte mit einem grauschraffierten Feld.

Ich freute mich jedesmal, wenn mir dieser Himmel zur Abwechslung einen neuen, noch nicht entdeckten Ausschnitt der Erdkarte zeigte und ich plötzlich in dem großräumigen Netz der Adern doch einen mir vertrauten Flußlauf identifizierte, seine Spur wie einen Faden aufnahm und aufwickelte, um ihn dann ohne Schwierigkeiten bis zu seinem Ende, bis zur Einmündungsstelle in einen anderen, breiteren Fluß zu verfolgen.

Solche Vorstellungsübungen dauerten manchmal eine Stunde und länger. Sie erinnerten mich an De Selbys Theorie vom Einwegsystem, denn nicht ein einziges Mal gelang es mir, einen Fluß von seiner Einmündung zurück bis zu seinem Ursprung nachzugehen, weil ich immer ratlos an den Kreuzungspunkten, an denen die Zuflüsse abzweigten, steckenblieb. – Verfolgte ich ihn hingegen flußabwärts, so stürzte ich geradezu davon, taumelte durch die Mäander von Flußknie zu Flußknie, fiel von einer Vertiefung in die nächsttiefere.

›Und so‹, dachte ich schläfrig, ›geht es vielleicht aus der Grube der Krankheit in die Grube des Schlafes, und aus dieser schließlich in die Grube der vollständigen Traumleere, die für dich eines Tages die Grube der vollständigen Wiederherstellung werden wird. – Das sind Übungen‹, sagte ich zu mir. ›Du wirst sehen: Sie treiben deine Genesung voran, und du wirst bestimmt wieder ganz gesund werden.‹

Zu Beginn dieser Krankheit – die von dem selbst noch in dieser, von allem natürlich wachsenden Leben wie abgeschnittene Gegend erreichbaren Arzt sogleich als seltene Verbindung von Sonderformen des Nervenfiebers erkannt worden war – hatten meine Augen nur Glattes und Unbewegtes ertragen. – Heftiges Ekelgefühl hatten schon die Falten in der Bettwäsche in mir hervorgerufen, gleichermaßen meine Haare, die in Büscheln ausgefallen, wie fremder Unrat auf den Pölstern lagen, und einmal, beim bloßen Anblick eines im Luftzug die Wand hinauffliehenden Weberknechts, hatte ich mich in das neben meinem Bett stehende Porzellanlavoir übergeben müssen, in dem die Tante jedesmal den Waschlappen auswusch, wenn sie mir Mund und Gesicht gereinigt hatte.

Ab und zu war ich auch später noch völlig erschöpft. Der Kopf war zu schwer und voll wüster Benommenheit, die Glieder schmerzten wie nach schwersten Verrenkungen, und vor allem meine Hände zitterten häufig schon bei der kleinsten Bewegung. – In Anfällen lief Schüttelfrost durch meinen wie siedenden Körper, und die Zähne schlugen – wie das erste Mal im Haus des Wasenmeisters – willenlos schnatternd aufeinander. Um diesen Erregungen abzuhelfen, wollte ich nur immer schnell aus dem Bett, konnte mich vor Schwäche aber kaum an der Bettkante festhalten und fiel, von Fäusten zurückgeschlagen, in das knisternde Kopfpolster, weil plötzlich überall in den Wänden des Ballsaals wie bei einem Erdbeben Risse auftraten, aus unsichtbaren Öffnungen in der Decke Sand und Kalk auf mich herunterzurieseln schienen und Wasserspülungen in Stockwerken, die es überhaupt nicht gab, von selbst zu rauschen anfingen.

Nach etwa dreieinhalb Wochen war ich dann wenigstens einigermaßen – »halbwegs«, wie der nichtsahnende Hausarzt sich ausdrückte – wiederhergestellt, aber allein die Erwähnung dieses Namens warf mich um weitere zehn Tage zurück. Die Gesichtshaut spannte sich wieder, und mein Körper war vom Druck der Darmgase aufgetrieben. – Schließlich konnte ich aber zum ersten Mal essen, wenn auch freilich nur dünne Suppe und Brei, und manchmal brachte mir meine Tante, die ihr Verhalten mir gegenüber seit dem Abend meiner Namensgebung von Grund auf geändert hatte und nun überbesorgt war, in einem Schälchen ein wenig lauwarmen Cognac: »Zur Stärkung deines armen, geschwächten Herzens, und damit du recht bald wieder gesund wirst.« – Später durfte ich mich (nicht gerechnet die immer unfreiwilligen, aber unvermeidlichen Entsetzenssprünge aus dem Bett) zum ersten Mal alleine wieder aufrichten und aufsitzen und bekam auch die Erlaubnis zur Lektüre dreier Bücher aus der Verlassenschaft meines Onkels.

Eines dieser Bücher war ein zehn Jahre alter, bebilderter Katalog für Markensammler, das zweite handelte vom Gartenbau, es war, wie der Umschlag ankündigte, Collins berühmte Arbeit: *»Gründlicher Unterricht, die besten französischen Obstbäume zu pflanzen«*, das dritte trug den Titel: *»Hausbuch für die deutsche Familie«* und darunter stand: *»Ein Vademecum für höhere Töchter«*. – Wieder fand ich auf den Innenseiten der Buchdeckel die langen Reihen der Namen ihrer Vorbesitzer, wieder waren alle Namen, bis auf den letzten, denjenigen meines Onkels, durchgestrichen, und ich sah mich in meinen Befürchtungen bestärkt, daß auch sie bewegliches Gut waren, das man mir eines Nachts zusammen mit meinem Lavoir und dem Nachtkästchen von meiner Bettseite wegstehlen konnte.

Da ich gerne las, war ich mit meiner Lektüre bald fertig und las sie ein zweites Mal. Den Markenkatalog durchsuchte ich nach den Abbildungen von heiligen Wappentieren junger afrikanischer Nationen und den Bildern seltsamer südländischer Vögel, da ich mich schon immer für Zoologie interessiert und mir vorgenommen hatte, später einmal Naturforscher zu werden. In Collins Buch interessierte ich mich vor allem für den Abschnitt über die Aufpfropfung und Beschneidung von Spalierobst, weil dieser eine Geschichte der Veredelung von Obstbäumen im alten Mesopotamien, im Perserreich und bei den Ägyptern brachte, Kulturnationen, die allesamt an der Vorstellung festgehalten hatten, daß den Bäumen geschlechtsspezifische Eigenheiten innewohnten, die sie für die Pfropfung bestimmter Reiser prädestinierten, während die Fixierung auf die Geschlechterrolle die Pfropfung anderer von vornherein ausschloß, es sei denn, daß eine solche *›widernatürliche Kreuzung sich hassender Holzrassen‹* die Herstellung von Wünschelruten und anderen Zaubermitteln ermöglichen sollte.

Immer wieder blätterte ich auch im ›Hausbuch‹, in dem ich neben Kochrezepten und Anweisungen zur Haushaltsführung und Kinderpflege eine genaue Wiedergabe des Krankheitsbildes von Typhus, meinem Leiden, fand.

›Der Huf eines Maultiers hat ihn getroffen‹, sagt man hier, wenn einer im Fieber redet. – Mir war mit dieser Krankheit eine tiefe, klaffende Wunde beigebracht worden, und am Anfang hatte ich oft das Gefühl, ich hätte in meiner Brust ein kleines Loch, durch das die Luft wie durch einen Nebenausgang entwich. Noch schüttelte mich das Wundfieber, aber schon begann sich um und über dieser Öffnung allmählich eine Kruste zu bilden. Sie war ein großer, sternförmiger Orden, der mir zur Bedeckung der Narbe, die zurückbleiben würde, verliehen worden war. – Jedermann wollte ich voll Stolz auf diese hohe Auszeichnung hinweisen: ›Hier, schau her, mein Tapferkeitskreuz, die Ordensspange, das Band!‹ – vor allem Rübe, meinen kleinen Hund, den die Tante nach Absprache mit dem Arzt widerwillig zu mir in den Ballsaal gelassen hatte.

Der Hündin las ich auch wahllos aus meinen drei Büchern vor. – Sie lag blinzelnd, die kurzen Beine von sich gestreckt, auf ein paar zerschlissenen Bodentüchern, die ihr die Tante mir gegenüber neben der Zimmertüre ausgebreitet hatte. – Wenn ich das Tier ansah, wie es so dalag und stumm zu mir aufblickte, dann hatte ich das seltsame Gefühl, die beiden ersten Tage meines Aufenthaltes in Zick wären gleichsam in ihm zu Fleisch geworden, es wäre ein lebendiges Denkmal oder denkmalgewordener Frühzustand meines Ichs, das ich gleichsam wie bei einer Geburt aus mir herausgezwängt hatte und das, vielleicht schon bald, meine Krankheit zur Gänze auf sich nehmen sollte, ja, daß es an meiner Stelle austragen würde, was für mich vorgesehen worden war. – »Egynek – egyeb«, sagte ich zu ihm. Es war, wie ich inzwischen gelernt hatte, der Refrain eines Abzählreims und bedeutete ›eins für das andere‹.

»Krankheit des einen«, las ich also diesem Körper, der ein Stück von mir selber war, vor, *»wirkt schädigend auf den anderen, macht ihm vermehrte Arbeit, nimmt Lebensfreude, bringt Kummer und Sorge ins Haus.«* – Über das Wort »Typhus« erfuhr ich aus dem ›Hausbuch‹, daß es im Deutschen ›Rauch‹, ›Dunst‹, ›Stumpfsinn‹, ursprünglich vielleicht sogar ›Blödsinn‹ bedeutet hatte und daß es zur selben Wortfamilie wie ›dunkel‹, ›dumpf‹, ›düster‹ und ›dumm‹ gehörte.

»Früher einmal sagte man allgemein Nervenfieber dazu«, sagte ich laut zu meiner Hündin. »Es ist die Bezeichnung verschiedener, schwerer und unter heftigem Fieber verlaufender Krankheitszustände, bei welchen das Nervensystem in einem anhaltenden Zustand von Betäubung sich zu befinden pflegt. – Die Heftigkeit des Fiebers, von welcher im Anfang der Krankheit die meiste Gefahr droht, bekämpft man durch Vollbäder, die man, während der Kranke im Bade sitzt, durch Hinzugießen von kaltem Wasser am Fußende der Wanne abkühlt. Neben der Herabsetzung des Fiebers erreicht man durch diese Bäder Reinigung des Körpers und allgemeine Ermunterung, besonders der unbesinnlichen Kranken. Die schweren Typhusfälle werden hierdurch in leichte umgewandelt, die Sterblichkeit wird auf ein Minimum herabgesetzt. – Um jeder Gefahr einer Darmzerreißung vorzubeugen, gibt man anfangs nur flüssige oder halbflüssige Nahrung, diese in kleinen Portionen. Die Krankheit endet dann, trotz anfänglich bedrohlicher Symptome, oft in Genesung des Kranken. – Was die Behandlung des Typhus betrifft, so ist der Kranke zuvörderst zu isolieren. Das Krankenzimmer muß groß sein und oft und gründlich gelüftet werden. Der Mund muß mit einem angefeuchteten Leinwandläppchen regelmäßig gereinigt werden.«

»*Typhus*«, las ich weiter und sah Rübe dabei warnend an, *»ist eine in ausgesprochener Weise ansteckende Krankheit. Der Ansteckungsstoff ist in der Luft enthalten und kann sich in ungenügend gelüfteten Zimmern längere Zeit halten, ohne etwas von seiner Wirkung zu verlieren.«*

Zweites Kapitel

DIE VORGESCHICHTE DER ERFINDUNGEN

ALLEN EMPFEHLUNGEN DES HAUSBUCHS, AUS DEM ich meinem Hund vorlas, war die Tante auf das peinlichste genau nachgekommen und hatte mich, weiteren Instruktionen gehorchend, oft mitten in der Nacht zu einem Vollbad, zur Verabreichung von Chinintabletten, einer Tasse stark jodhaltigen Wassers oder eines Tellers mit Brei aus dem Bett geholt. Zum Schluß bekam ich jeweils einen Löffel Honig, weil, wie mir die Tante erklärte, der Tod die Bienen nicht gerne rieche. – Trotzdem erlitt ich immer wieder Rückschläge, wenn ich – noch auf ihren Armen, noch auf dem Gang durch das Haus – plötzlich einen weißen Fleck an der Wand sah, dort, wo früher die Garderobe angebracht gewesen war, oder die leergebliebene Stelle auf dem Küchenfußboden, an der einmal der große, zerkratzte Eßtisch gestanden hatte. – Sofort schüttelte mich dann wieder ein heftiger Fieber- oder Brechreizanfall, die Wände traten auseinander, der Fußboden zitterte, mein Bett flog durch die Luft, ich in seiner Mitte, ein kleines, zerbeultes Etwas, von dem der üble Geruch ungesunder innerer Winde ausging. – *»Man hat ihm verbrannten Pelz gegeben«*, sagt man hier. So roch ich, und dieser Geruch, schien mir, verließ meinen Körper wie ein Fremdling, gleichsam kopfschüttelnd über das Ausmaß der Gemeinheit, die ich im Hauswesen dieses Körpers duldete.

Die Krankheit ließ mich nicht los. Ich nahm die Tante nicht wahr, wenn sie, wie sie mir später berichtete, auf die erneut sich häufenden Entsetzensschreie, die jetzt schrill wie Vogelrufe klangen, in den Ballsaal stürzte. – In mich versunken, den Rücken starr wie von hinten gestützt, saß ich im Bett, fieberte, und phantasierte in Ansprachen an das Gebirge des Bettzeugs. – »Es ist Montag«, sagte ich, erzählte die Tante, »in ihm zerreißen die Minuten.« Alles redete ich verzweifelt in der zweiten Person an, für mich selbst verwendete ich die dritte. »Du Berg, du Bergbett!« sagte ich, aber auch: »Du Luftzug!«, wenn die Türe aufging, und: »Du Zugvogel!«, wenn die Tante hereinkam.

Es bestand kein Unterschied mehr zwischen Schlafzustand und Wachsein. In meinem Dämmerungstraum waren alle Dinge gleichsam eins, geschahen neben- und ineinander, verdoppelt und vervielfacht, so als wären Raum und Zeit irgendwie verkehrt ineinandergeschachtelt worden. – Wischte mir die Tante mit dem Waschlappen den Mund ab, so bettelte ich, wenn sie fertig war, sie möge es doch endlich tun; ging die Zimmertür auf, so war sie ohnehin schon offengestanden.

Die immer gleichen Vorstellungen verfolgten mich, sich oft wiederholend, bevor sie noch zur Gänze entwickelt waren. – Sooft ich zum Fenster blickte, stand da immer an derselben Stelle im Garten vor einem Apfelbaum ein kleiner Maulesel (»Szent-Mihaly öszver!« rief meine Tante aus, als ich ihr später davon erzählte), der ruhig weidete und, sich gleichzeitig in Krämpfen streckend, wild schrie, obwohl das Fenster ja leer war und im Baum dahinter bewegungslos die Leinentücher von meinen Umschlägen hingen.

Einmal schreckte mich ein – wahrscheinlich bloß

eingebildetes – Tuscheln aufgeregter Stimmen unter dem Fenster aus meinem Tagtraum. Ich fuhr in meinem Bett auf und schrie: »Was ist los?«, ohne eine Antwort zu erhalten. Dann bildete ich mir wieder ein, jemand flüstere vor meiner Zimmertür. *»Már menöfélben van!«* glaubte ich zu verstehen. »*Még nem* menöfélben van!« rief ich zurück, was so viel bedeutet wie: »Er ist *noch nicht* gehfertig!«, aber es war niemand da, der es gehört hätte. Ein drittes Mal schrak ich auf, weil ich mir fest eingebildet hatte, ich hätte gesehen, wie sechs Männer mit Stockhieben versuchten, den Esel aus dem Garten in den Ballsaal zu treiben. Das Tier hatte aber gebockt, und das bedeutete für mich, daß ich noch nicht sterben sollte. – Also rief ich zur Tür hin, und im nächsten Augenblick standen wirklich, wie aufgereiht, die sechs Göds an der Wand meines Zimmers: Sie hatten kleine, runde Hüte in ihren Händen und sahen wie Schülerveteranen auf einem alten Klassenfoto aus – und tatsächlich hing ein solches Foto, das noch von meinem Großvater stammte, in einem breiten Rahmen knapp über ihnen an der Mauer.

An manchen Tagen, gegen Ende der Krankheit, ließ mich ein unaufhörliches, wie dahinbrutzelndes Flüstern vor meiner Zimmertüre nicht schlafen, das ab und zu durch das trompetende Geschneuze meiner Tante unterbrochen wurde. – Am letzten Tag, als ich noch, wie gelähmt von den Geräuschen der sich schneller als sonst unter mir drehenden Erde, bewegungslos in meinem Bett lag, hörte ich plötzlich ganz deutlich, wie meine Tante mit unterdrückter Stimme, damit ich nur ja nichts verstünde, auf einen Krankenbesucher einschimpfte.

Ich wurde aufmerksam, weil sie das Wort »Küchentisch« zischte, dann »Werkzeugkiste«, »Kredenz«, denn sie gehörten zu den uns gestohlenen Eigentümern.

Ich schlich zur Tür, warf einen Blick durch das Schlüsselloch, erkannte aber den Mann, der breit, den Rücken mir zugewandt, davorstand, nicht. – Immer weiter, wie auswendig, leierte die Tante ihre Liste herunter: »Garderobenwand«, wimmerte sie, »Nähzeug«, »Einsiedetopf«, »sein Reisekoffer samt Inhalt«, und, beinahe triumphierend vor Hoffnungslosigkeit, setzte sie noch hinzu: »Jetzt habt ihr mir also auch das Waschschaff genommen! – Und was, bitte, soll ich nur mit der vielen Bettwäsche ohne das Waschschaff machen?« Dabei sprach sie das Wort »Waschschaff« so aus, als hätte ihr der Dieb mit einer Axt die Zunge gespalten.

Fünftes, längeres Gespräch

Ihrer Art der Anrede hatte ich bald entnommen, daß es ein Göd war, mit dem sie sprach und den sie nicht zu mir lassen wollte. Um so größer war mein Zorn darüber, daß sie mit ihren Schimpfreden – wohl während sie sich einbildete, sich meinetwegen bis unter die Grenze der Selbstachtung zu erniedrigen – *mich* anstelle des Göds traf. Und als ihr Heulen – sie preßte ihre Vorwürfe gleichsam mit Gewalt über den in Verzweiflung vorgeschobenen Unterkiefer hinaus –

schließlich unerträglich geworden war, schlug ich mit der Faust gegen die Türfüllung und schrie, so laut ich nur konnte: »Alles soll er mitnehmen, und das Haus soll er uns anzünden, damit endlich ein für allemal Ruhe ist!« – Dann ging ich zurück zum Bett und legte mich hinein, am ganzen Körper noch zitternd vor Wut und vor Schwäche.

Die Tür wurde aufgerissen. – »Herein!« schrie ich, und herein kam, den Oberkörper wegen seiner Länge ein wenig vorgeneigt, der sechste Göd, ein jüngerer, offenbar etwas kurzsichtiger Bursche. Hinter ihm, gebeugt und mit nassen Augen, die Tante. – »Verschwinde!« fuhr ich sie an, und wirklich verschwand sie rücklings durch die Tür, die sie hinter sich zuzog. – Der Göd stand wie erstarrt da und gaffte ihr blöde nach, dann trat er, den Blick weiterhin auf diesem Wunder der geschlossenen Türe, näher an mein Bett heran, wobei er geistesabwesend nach dem einzigen Stuhl griff. Er setzte sich darauf und blickte mich an.

»Ich bin Lumiere«, sagte er, zuerst leise, so als wäre er sich nicht einmal seines Namens sicher, faßte sich aber sofort und sprach dann mit immer größerer Überzeugungskraft und Festigkeit der Stimme weiter. – »Sie werden sich vielleicht fragen«, sagte er, »wie Sie zu der für Sie offenbar zweifelhaften Ehre meines Krankenbesuches kommen.« – Der Satz wand sich gleichsam aus ihm heraus, als er aber schließlich dastand, wirkte er wie schon vorher verfertigt, in eine Form gegossen und danach abgekühlt. Er hatte sich in der Gewalt.

Er stand auf, warf einen Blick zu mir zurück und

begann mit einer langen Wanderung vom einen Ende des Zimmers zum anderen, wobei er sich beim Sprechen immer wieder zu mir umdrehte und den linken Arm wie ein Pendel im Takt zu seinen Schritten hin und her schwingen ließ. Der Tonfall, in dem er sprach, veränderte sich kaum je, aber immer besser ausgesucht erschienen mir seine Wendungen, immer genauer wurden seine Worte, die er dann und wann auch noch nachdrücklich durch offensichtlich genau einstudierte Handbewegungen unterstrich. Immer weniger aber hatte ich dadurch das Gefühl, *er* spräche zu mir, – es war jemand anderer, ein Lehrer vielleicht, der ihm all diese Sätze und Phrasen in wochenlangen Übungen beigebracht hatte, und manchmal war es mir, als würden mir mit diesen Gesten und Worten, ohne daß ich mich dagegen wehren konnte, abwechselnd kalte, metallene Türschnallen, blitzende Messinggriffe oder glattpolierte Stockknäufe in die Hand gedrückt, und ebenso wehrlos war ich, wenn er sie mir danach wieder wegnahm.

»Es ist alles nicht so schwer«, erklärte der Göd schließlich, wobei er seine Stimme senkte. – »Fünf komakok* waren da. Ich bin der sechste und letzte.« – Türknauf. – »Der letzte ist hartnäckiger«, er machte eine Pause, »und praktisch unempfänglich für zweifellos gutgemeinte Tantenausflüchte.« – Messingschnalle. – »Er ist einfach zu schlau.« – Haltegriff. – Lumiere unterbrach seine Wanderung und sah mich an, wobei er seine Arme über der Brust verschränkte.

* So nennen die Bieresch die Paten oder Göds.

»Bei ihm«, er lächelte und ließ zwei Silberkronen in seinem Mund aufblitzen. Sie sahen wie die Schließknöpfe von Nieten aus. – »Bei ihm verfangen durchsichtige Ausreden auf die schlechte Verfassung des Kranken – der in Wahrheit gesünder und munterer ist als wir alle zusammen – schon von Berufs wegen nicht!« Er zwinkerte mir zu. Ich war für ihn ein alter Bekannter, der alle hinters Licht zu führen versuchte und den er durchschaut hatte, den er aber, sozusagen aus Gutmütigkeit, weiterschwindeln ließ. – Ich schloß die Augen. Ein Buch, das ich vor Jahren gelesen habe, fiel mir ein.

›Er hatte getrunken und kam sich geheimnisvoll vor‹, hatte es dort geheißen.

»Also, kommen wir zur Sache«, fuhr Lumiere fort. – »Ich komme zu Ihnen – wie sagen die Fische in der Fabel zum Fuchs? – als Freund«, er räusperte sich, setzte sich wieder zu mir und fuhr in geschäftsmäßigem Ton fort, »ohne alle Hintergedanken und Vorbehalte.«

Lumieres Atem roch schlecht. Ich drehte mich zur Seite, schwer atmend unter dem schweren, feuchten Bettzeug.

»Das wird Ihnen zwar«, fuhr der Göd mit erhobener Stimme fort, »in Hinblick auf unsere im Prinzipiellen scheinbar divergierenden Interessenslagen vielleicht unglaubwürdig erscheinen ...«

– ›Divergierende Interessenslagen‹, dachte ich. – Er konnte Vertreter für Rasiermesser sein.

»... aber«, setzte er großartig hinzu, »glauben Sie mir: Es ist so.« Er log. – Ich richtete mich in meinen

Pölstern ein wenig auf, wollte ihn auslachen, fiel aber vor Schwäche gleich wieder in sie zurück.

»Ich weiß, es ist nicht leicht!« rief Lumiere, der meine Reaktion mißverstanden hatte, und wiegte den Kopf nachdenklich hin und her. – »Ihre Stellung bei uns ist nicht die beste. Sie haben viel von unserer anfänglichen Sympathie eingebüßt. – Jetzt müssen Sie sich doppelt anstrengen!«

So als wollte er mir mit seinem Zureden Mut machen, legte er seine linke Hand auf mein Knie. Ein Schauer durchlief mich, und als ich im Reflex mein Bein ausstreckte, zog er sie gleich wieder zurück. Trotzdem zitterte ich bei der ekelhaften Vorstellung, er hätte während dieser kurzen Berührung eine giftige Flüssigkeit über mir ausgeschieden, die sich nun ätzend – durch die Bettdecke – zu mir durchfraß. Ich zog den Überzug bis über die Nase hinauf, noch immer vom Ekel geschüttelt.

»Jetzt einmal im Ernst«, fing der Göd wieder an und studierte seine Fingernägel. Er sah sich suchend um. Dann entdeckte er es: eine Untertasse, die auf dem Fensterbrett stand und auf der die Tante die für die Nacht bestimmten Medikamente vorbereitet hatte. Er erhob sich – beinahe sah es so aus, als würde jemand anderer ihn heben und schnell zum Fenster hintragen – und holte die Untertasse. Was auf ihr lag, stellte er ordentlich auf das Fensterbrett. Ein Fläschchen fiel zu Boden und rollte ein Stück weit. Er eilte ihm nach und hob es auf. Als er wieder bei mir war, holte er eine Zigarette heraus und benützte dann das Geschirr als Aschenbecher.

»Ich komme im Auftrag der Überbrückungshilfe«, sagte er.

»Was ist das nun?« Er machte eine Pause und beantwortete sich seine Frage gleich selbst: »Die Überbrükkungshilfe ist eine relativ junge Organisation, die im ersten Drittel des vorigen Jahrhunderts, zugleich mit der ersten großen Abwanderung von Biereschek von den angestammten Heimatgemeinden ins Leben gerufen wurde.« – Er zog die Luft scharf durch die Nase ein und starrte mich wie blind durch seine Brillengläser an. – Alles war auswendig gelernt. Gleichmäßig war das Auf und Ab seiner Rede, aus der dann und wann, wie der Arm eines Ertrinkenden, an immer unerwarteter Stelle bestimmte Worte, wie falsch betont, auftauchten. – »Es handelt sich also um eine Art Wiedereingliederungshilfe«, hörte ich den Göd sagen. »Und ihr Zweck ist es, neu zugewanderten, unerfahrenen Biereschekleuten, wie Sie es sind . . .«

»Biereschek!« wiederholte ich, als wollte ich auf dieses Wort hinzeigen.

». . . oder wie ich es einmal war«, fuhr Lumiere ungestört fort. Nun erhob er die Stimme wieder. »Ja«, rief er, »ob Sie's nun glauben oder nicht: Auch ich war einmal in Ihrer Lage!«

»Auch ich«, sagte ich und drückte meinen Kopf tiefer in das Polster.

»Auch ich«, wiederholte der Göd, »habe mich einmal Nacht für Nacht schlaflos in meinem Bett gewälzt und habe mich zitternd gefragt: ›Werden sie morgen wiederkommen?‹ – ›Was werden sie diesmal mitnehmen?‹«

Ich hob abwehrend die Hand. Die Wände des Zimmers schienen sich auseinanderzubiegen, die Decke warf sich auf. Durch einen Riß im Dach sah ich ins Freie, in einen heißen, bleiernen, windstillen Himmel, der sich wie unter dem eigenen Gewicht ein Stück näher zur Erde herabgesenkt zu haben schien.

»Auch mich«, fuhr Lumiere fort, »ließ das Gefühl der Verantwortung für das Schicksal der meiner Obsorge Anvertrauten . . .«

». . . der mir Anvertrauten«, hörte ich mich nachsprechen. ». . . oft nächtelang kein Auge zutun. – Auch ich . . .«

»Auch ich!« rief ich.

». . . habe schließlich an allem gezweifelt und habe mich zweifelnd gefragt: ›Werde ich durchhalten?‹«

Ich fuhr auf. – »Und haben Sie etwa durchgehalten?« fuhr ich ihn an.

»Nein«, erwiderte der Göd ruhig. Er sah mich an. Dann blickte er nachdenklich auf seine Zigarette, die zwischen seinen Fingern rauchte. – »Aber ich habe wenigstens dankend die Hand ergriffen, die sich mir hingestreckt hat!« sagte er fest.

»Diese Hand?« rief ich. »Ihre Hand?« – Ich fiel zurück in mein Bett. – »Zuerst bringt ihr mich um«, sagte ich schwach, »und dann wollt ihr mich retten?«

»Halbwegs!« sagte Lumiere, wie erschrocken über mich.

»Was ist?« fragte ich.

»Sie *dürfen* so nicht reden, Halbwegs!« sagte der Göd eindringlich. Er setzte sich neben mich auf die

Bettkante und legte seine Hände auf meine Schultern. – »Schauen Sie, Halbwegs, – Sie erlauben doch, daß ich Sie so nenne?« – Wieder überlief mich ein Schauer, und er nahm seine Hände augenblicklich weg. – »Glauben Sie mir«, sagte er dann, die Hände faltend, »ein junger Mensch braucht Hilfe, er sucht Hilfe! Und Hilfe zu leisten, dort wo sie wirklich nottut – dazu ist unsere Organisation schließlich da!«

»Ich will Ihre Hilfe nicht«, sagte ich und drehte mich wieder zur Seite.

Lumiere lehnte sich zurück und blieb eine Weile, wohl um die Wirkung, die meine Worte auf ihn ausübten, vergehen zu lassen, reglos, in sich gekrümmt, sitzen. – »Alle machen wir Fehler«, sagte er schließlich.

Ich sah ihn an. Wie er so dasaß, hingedrückt auf dieses letzte, geschundene Sitzmöbel, die Augen unruhig da und dort, den Körper wie in Krämpfen verspannt, zusammengeschraubt und auf den Sitz genagelt, sah er so armselig aus wie der Stuhl selbst. Unter seinen Haaren an der linken Schläfe brach ein Schweißtropfen hervor und bahnte sich eine dünne Spur am Ohr entlang, die Wange abwärts. Ein zweiter Tropfen folgte ihm schneller nach.

Der Göd zog ein Taschentuch aus seiner Hose und wischte damit Gesicht und Nacken ab. – Dann fing er wieder an. Jetzt sang er, und seine Stimme, die hoch war, zirpte förmlich die Worte seines Liedes:

»Ein Blatt vom Lebensbaum bricht ab«, sang er.
»Ein anderes wächst nach.
Dir bringt es Glück –
was bringt es mir?
Mir bringt es Ungemach!«

»Das ist eines unserer ältesten Volkslieder«, erklärte Lumiere, »es heißt: ›Ungerechter Vergleich‹. – Es ist mein Lieblingslied«, fügte er hinzu.

»Ich will Ihre Hilfe nicht«, sagte ich noch einmal.

»Ich weiß«, sagte der Göd. Wieder holte er eine Zigarette aus seiner Packung. »Ich weiß«, sagte er. Er summte weiter die Melodie seines Liedes, während er sich die Zigarette schon in den Mund steckte. Er zündete sie an, tat einen tiefen Zug und hielt den Rauch übermäßig lang in seiner Lunge. Dann stieß er ihn aus und mußte husten. – »Das Rauchen schadet meiner jungen Stimme, sagt der Arzt«, unterbrach er sich heiser. – Wie man so sagt: »Die Hunde des Todes bellen aus mir.«

Und ohne allen Zusammenhang fragte er dann schnell: »Spielen Sie Schach?«

Die Geschichte des Schachspiels

Aus der Innentasche seines Rockes zog der Göd ein kleines, zusammenklappbares Steckschach.

»Das trage ich immer bei mir«, erklärte er und hielt es mir hin. Dann klappte er es auf, nahm einen Teil der Figuren heraus, steckte den Rest in seine Hosentasche und legte das Brett auf seine enggeschlossenen Knie.

Tonlos seine Liedmelodie weiterpfeifend, wie es Schachspieler tun, fing er an, die Figuren nach einem bestimmten Plan in die kleinen runden Löcher zu stekken. Schließlich hatte er die gewünschte Ordnung hergestellt. – Es war ein lächerliches Problem: Schwarz, der am Zug war, war schwer im Nachteil, er zog als erster und stellte dabei unsinnigerweise auch noch sein Pferd bloß, so daß Weiß dieses ungestraft schlagen konnte. – Ohne sich um mich zu kümmern, spielte Lumiere die Partie, und die Schnelligkeit, mit der er zog, bewies, daß er sie schon hunderte Male gespielt hatte.

»Zerdahel behauptet, ich hätte das Schachspiel erfunden«, sagte er beiläufig und schlug das schwarze Pferd. – »Zuviel der Ehre!« – Jetzt war Schwarz zum Läufertausch gezwungen. – »Ich habe ein wenig zur Verbreitung des Spiels bei den Biereschek beigetragen –« Er machte eine wegwerfende Handbewegung, den Blick weiterhin unverwandt auf dem Brett. »Erfunden habe ich das Schach aber nicht. – Weiß hat gewonnen«, unterbrach er sich. Dann hob er sich ein wenig von seinem Sitz, um die restlichen Figuren in die Hose zu stecken, und sah mich an. – »Ich spiele es auch nicht mehr«, sagte er abschließend, »ich spiele nur noch Dame.« Er lachte verlegen, so als hätte er einen für ihn selbst peinlichen Witz gemacht, klappte das Brett zusammen und wog es in einer Hand.

»Erfunden wurde das Schachspiel nicht von mir«, fuhr er fort, »sondern von einem Elfenbeinhändler auf der Halbinsel Indien vor mehr als viertausend Jahren. – Von da aus ist es später zu den Persern gelangt, die es in dieser Disziplin in einem gewissen Sinn zu einer nicht wieder erreichten Meisterschaft gebracht haben, auch wenn man sagen muß, daß sie bedauerlicherweise von der ursprünglichen Form, die wir hier spielen, abgewichen sind. Sie werden sich dabei wahrscheinlich nicht so genau auskennen, aber ich versichere Ihnen, daß das indische Schach das sowohl spannendere als auch gerechtere ist. Das persische Schach ist, wie ich immer sage, zwar schärfer, dafür aber einsamer. – Egal. Die Regeln des indischen Spiels entsprechen der persischen Variante im großen und ganzen: Die Bauern gehen bei jedem Zug vorwärts in das nächste vor ihnen gelegene Feld und dürfen sich bei ihrer ersten Bewegung auch auf einmal um zwei Felder weiterbewegen; die Türme laufen in geraden Linien über beliebig viele unbesetzte Felder, die Läufer aber in schrägen Linien stets auf Feldern der gleichen Farbe, während die Springer, ihr Standfeld miteingerechnet, auf ein drittes Feld von anderer Farbe als das Standfeld springen. Und der König, von dessen Erhaltung der Ausgang des Spiels abhängt (kann er sich nämlich nicht mehr bewegen«, Lumiere stieß diese Worte scharf aus, so als wäre er wütend darüber, daß er mir hier die Regeln erklären mußte, während draußen sein König vielleicht in Gefahr war, »so ist er ›mat‹ oder ›meth‹, das heißt: ›Er ist tot!‹) – und während sich also der König bei jedem Zug um einen Schritt in irgendein vor oder hinter, seitwärts oder schräg gelegenes Feld bewegen darf, gibt es die Königin, die in der konventionellen Spielweise den Gang von Läufer und Turm in sich vereinigt, in unserem, dem original-indischen Schachspiel nicht. – Und deshalb ist es bei uns auch nicht möglich, daß einer für seinen Bauern eine Dame eintauscht. – Wir sind hier schließlich nicht auf dem Marktplatz!« rief der Göd. – »Was wollen Sie?« fragte er ärgerlich. »Die Wahrheit ist teuer, sagen wir hier. – Wenn Sie Kaugummi wünschen, dann müssen Sie drüben beim Juden fragen, der tauscht gerne!«

Lumiere unterbrach sich. Er hatte sich in Hitze geredet. Vergessen war sein Auftrag, vergessen die Überbrückungshilfe. Jetzt zählte nur noch das Schachspiel. – Und was wollte er bei mir damit erreichen? Was gingen mich Schachspiele an? – Ich legte mich auf den Rücken und blickte zur Decke.

»Ginge es nach Zerdahel«, fing er wieder an, »so hätte ich also das Schachspiel erfunden. Ginge es nach ihm, dann wären Sie wohl ›Schreit-aus-dem-Feuer‹! – Unsinn. – Nichts wiederholt sich, nichts wird erfunden. ›Lange‹, sagen wir hier, ›mußte das Rad laufen, eh' es den Menschen fand.‹ – Ist das nicht klar genug? Sagt das nicht alles? – Man stelle sich vor!« Lumiere beugte sich weit aus seinem Stuhl zu mir herüber, so daß er fast das Gleichgewicht verlor. Er stützte sich mit beiden Händen auf den Rand meines Bettes. – »Zerdahel meint doch, wir würden wiedergeboren. Sie und ich, sagt er, wir sind Wiederholungen, Wiedergeburten, in Serie gegangene Produktionsfehler der Schöpfung. – ›Dieses Modell‹, spottet er, wenn einer stirbt, ›ist derzeit leider nicht mehr zu haben.‹ Oder: ›Geht-durch-zwei-Fenster‹? – Das führen wir hier im Augenblick nicht, aber ›Lacht-ohne-Sinn‹ hätten wir da. Wenn Ihnen damit gedient ist?‹ – So redet er. Ganz witzig, nicht wahr? – aber im Grunde doch ziemlich beschränkt.«

Wieder unterbrach sich Lumiere. – »Lacht ohne Sinn«, sagte er und warf seinen Kopf zurück, während er eine weitere Zigarette herausnahm, um sie anzuzünden. »Unser ganzes Leben ist ein einziges sinnloses Lachen!«

Er sprach, die Zigarette im Mund, wie zu sich selber, dann stand er mit einem Ruck auf und ging zum Fenster hinüber, wo er eine Zeitlang stehen blieb, um hinaus in den kleinen Vorgarten zu schauen, in dem sich die Bäume raschelnd im Wind wiegten. – »Vielleicht gibt das Regen!« sagte er und wies mit der Zigarette zum Himmel.

Rauch stieg, sich kräuselnd, zwischen seinen Fingern auf und verschwand ins Freie. Der kleine, verkrüppelte Apfelbaum, auf dem meine Tante nach dem Wechseln der Umschläge immer die ausgewaschenen Tücher aufhängte, warf sich unter heftigen Windstößen hin und her; jemand schien seine Krone dann und wann wie einen Schopf zu packen und zu schütteln. Die Blätter zitterten und zeigten ihre weißlich glänzende Gewitterseite her. Vögel hoben sich, wie von Federn hochgeschleudert, von seinen Zweigen. – Der ganze Baum schien zu beben, und die schlingernden Bewegungen der Äste hinter der schweigenden Gestalt des Göds, der genau zwischen mir und dem Baumstamm stand, erinnerten mich daran, wie ich einmal, während eines Sommeraufenthaltes in den

Bergen, hinter einem Mann einen steilen Abhang hinuntergestiegen war.

Der Mann, ein Jugendfreund meiner Mutter, hatte auf dem Rücken eine Milchkanne getragen, in der es dauernd, wie lachend, gegluckst hatte. – Der Autofahrer, der meine Mutter und mich nach Wien gebracht hatte, fiel mir wieder ein. Wo war meine Mutter jetzt? Was machten meine Schwestern? Wie ging es wohl meinem Bruder? – Während ich hier starb, lebten sie weiter.

Haß stieg wieder in mir auf, Haß gegen alles, aber vor allem gegen Lumiere, der ruhig rauchend vor dem Fenster stand, den Rücken mir zugewandt – wie jener Mann damals auf dem Berg, der plötzlich, mitten im Gehen, so als wäre ich gar nicht dagewesen, seine Arme gehoben und sie in den Schultern hatte kreisen lassen. Dabei hatte er mit seinem Mund ein seltsames, an ein Flattern erinnerndes Geräusch erzeugt. Dann hatte er ein paar mächtige Schritte getan, einen hohen, jubelnden Schrei ausgestoßen und dazu die Arme immer wilder durch die Luft gewirbelt. Ebenso unvermittelt, wie er angefangen hatte, hatte er alles abgebrochen. – »Was gaffst du denn so?« hatte er mich böse gefragt. Mir waren die Tränen gekommen, doch das hatte ihn nicht gekümmert. – »Plärr' nicht schon wieder!« hatte er mich angefahren und war noch schneller ausgeschritten.

Gebückt wegen seiner Drohung war ich ihm still gefolgt, aber das Gefühl, er hätte seine Flugübung bloß abgebrochen, weil er sich auf einmal daran erinnert hatte, daß *ich* hinter ihm herging und daß ich, als Sohn der Frau, die ihn im Stich gelassen hatte, unwürdig war, Augenzeuge seines Überschwanges zu sein, ließ mich leise weiterweinen. Und plötzlich fiel mir wieder ein, daß seine Schultern noch lange danach – wie unter den Stößen meines Schluchzens – weitergezuckt hatten, und daß ich mir, weiter schluchzend, vorgestellt hatte, welche anderen, vielleicht noch weniger bezähmbaren, mir unbekannten Kräfte in ihm ruhen mochten, die ich aber nicht sehen konnte, weil er sie in meiner Anwesenheit nicht freilassen wollte.

Und als stünde Lumiere auf geheimnisvolle Weise mit ihm in einem Bunde, schnitt er meine Erinnerung ab, indem er übergangslos wieder zu sprechen anfing.

Die Vorgeschichte der Erfindungen

»Für Zerdahel«, begann der Göd, ohne sich umzudrehen, »ist das Rätsel des Lebens gelöst.« Jetzt wandte er sich um und sah mich an: »Weil es für ihn keinen Tod gibt.«

»Ich habe ihn vorige Woche drüben in Pamagh in einem Gasthaus belauscht, ohne daß er mich bemerken konnte. Solche Gelegenheiten bieten einem die Feinde nicht oft. Die muß man beim Schopf packen. Also lauschte ich, obwohl das an sich nicht meine Art ist. Und was ich dabei hörte, war in der Tat höchst bemerkenswert. – ›Wenn er spricht‹, sagt De Selby immer, ›dann habe ich Angst, er wird gleich nach mir schlagen.‹ Der Dicke hat recht. Zerdahel hat Krallen –

er redet mit einer Spitzhacke! – Als ich damals ins Gasthaus kam, sagte er gerade: ›Wenn ich mit dir so rede‹ (mir war klar«, unterbrach sich der Göd, »daß er mit Inga sprach, obwohl ich ihn nicht sehen konnte und geglaubt hatte, er wäre zu Hause), ›wenn ich mit dir rede, dann spüre ich immer, ich sollte mich eigentlich tausendmal dafür entschuldigen, daß ich Worte verwende. Ich meine das ernst. – De Selby‹, fuhr der Jude fort, ›hat einmal zu mir gesagt: Meine Gedanken laufen so schnell. Sie kommen mir wie Bäche vor, die wild durch meinen Kopf springen, und immer habe ich das Gefühl, ich müßte bloß die Schleusen zu meinem Mund aufziehen, und schon würde euch alles entgegensprudeln, schon würde das Wasser sich klären, und alles wäre klar. Tu ich es aber dann, so ist es, als würde das Wasser in mir zufrieren, jeden Augenblick, fürchte ich, werde ich mir in die Zunge beißen, und mein Mund ist voll von schimmligem Treibholz!‹«

»›Es ist wahr: Bilder wären viel besser‹, sagte Zerdahel«, erzählte der Göd. »›Worte sind schlecht. Unser Mund ist unbarmherzig wie ein Steinbruch. – Ich selbst‹, sagte Zerdahel, ›habe manchmal die Vorstellung, ich müßte beim Sprechen ersticken, weil es nicht Luft ist, was sich da meinen Worten leiht, sondern abgestandener, jahrhundertealter Gestank, Rauchschwaden, die sich in mir zu einem undurchdringlichen Dunkel auftürmen. – Ein Ablakok-Phänomen also. Nur daß die Fenster, die dabei aufgerissen werden, keine erfrischende Brise hereinlassen, sondern den schlechten Atem der Altvordern, die neugierig in unsere Stuben blicken. – Mein Vater hat das übrigens einmal sehr treffend zusammengefaßt: ›Weißt du eigentlich‹, fragte er mich, als er mir von einer seiner Reisen als Geschenk ein Buch mitbrachte, ›warum die Biereschek so wenig lesen? – Weil selbst die Wahrheit nach Knoblauch stinkt!‹ – Es stimmt. Und dementsprechend roch auch sein Satz. – Egal. Wichtig ist allein seine Botschaft: *›Was in der Sprache steckt, haben die Vorfahren hineingelegt‹*, wie das Sprichwort sagt. – Vorzeiterfahrungen, Kenntnisse, die weit zurück in unsere vormenschliche Vergangenheit reichen, bemächtigen sich nach Belieben unserer Gefühlsausdrücke. Dein Ekel vor der Raupe ist die Gier des Hahnes in dir, der nach ihr picken will, und die nachzitternde Erschütterung des Blattes in dir, das sich von ihr benagt fühlt. – Wir stürzen auf freiem Feld, weil der wolkenlose, klare Frühlingshimmel über uns vom Rauschen der riesigen Flügel unserer Vorvergangenheit erfüllt ist, in der wir kleine, unschuldig dahinhuschende Pelztiere waren. – Was hat der alte Bruno immer gesagt?‹ fragte Zerdahel – Bruno war ein Großvater zu mir«, erklärte Lumiere stolz. – »›Er sagte‹, fuhr der Jude fort: *›Nicht der Mensch sprengt die Schlösser zu den Werkstätten der Natur – die Natur zieht den Menschen in ihre Machinationen und verfolgt mit ihm ihre eigenen, undurchschaubaren, hinterhältigen Ziele!‹«*

»Zerdahel machte eine Pause«, fuhr der Göd fort. »Er sah zu Inga hinüber, aber Inga tat nichts dergleichen. – »›Nicht *ich* spreche‹, sagte De Selby, fing Zerdahel wieder an, ›ein anderer ist es, der da mit meiner

Stimme seufzt.‹ – Und es ist wahr: Jedes einzelne Wort – und damit freilich auch der Sachverhalt, den es beschreibt!‹ rief der Jude aus«, sagte Lumiere, »jede erdenkliche Kombination von Lauten und Sätzen ist schon tausende Male durch die Filtersysteme fremder Gehirne, durch die Bergwerke fremder Herzen gelaufen. – Es ist verrückt! Man selbst kommt sich wie aus dem Zusammenhang gerissen vor! – Man sagt etwas, fängt kaum zu reden an, und schon stellt sich das untrügliche Gefühl ein, daß man mit einem alten Kinderbaukasten spielt, in dem die wichtigsten Steine fehlen und der Rest schon derart abgegriffen ist, daß man in die Risse zwischen den Worten die Breitseite der Hand legen könnte. – Und am liebsten würde man dann das ganze armselige Muster aus Bauklötzen, an dem man Stunden um Stunden gebaut und gebastelt hat, mit einem einzigen Handkantenschlag wieder kaputtmachen. – Und das gleiche könnten wir von uns selbst sagen. *›Jeder Mensch‹*, heißt es, *›ist wie ein lebendiges Wort, das seinen eigenen Sinn hat.‹* – Aber nicht einmal das stimmt! Wir sind tote Wörter, denen der Zusammenhang fehlt. Unsere Leben sind nichts als dahinflitzende Lautfetzen in der Denkmaschine des Heiligen Alten, die nicht mehr richtig funktioniert. – ›Würde De Selby seine Wortschleusen tatsächlich aufziehen können‹, fuhr Zerdahel fort«, sagte Lumiere, »›er würde sich wundern! Das Rätsel in seinem Inneren? – Der Leierkasten der Geschichte. – Aber während er ebensowenig wie irgendein anderer vernünftiger Mensch bestreitet, daß die glänzendsten Leistungen unserer Sprachkunst, alles, was jemals gesagt und geschrieben wurde, und alles, was noch gesagt und geschrieben werden muß, seit den allerersten Anfängen unseres unglückseligen Geschlechts je schon in Wörterbüchern und Grammatiken vorweggenommen und aufbewahrt ist – verzaubert in eine andere Wortfolge zwar, in eine andere Ordnung, aber vorhanden –, besteht er nach wie vor eigensinnig darauf, er selbst wäre etwas grundsätzlich Anderes und Neues: ein ofenfrischer, knuspriger Kuchen, dessen weiches Inneres noch nie geschmeckte Genüsse enthält. – Blödsinn! Kaugummi ist drin.‹«

»Prozeß, und nicht Kreislauf!«

»›Weißt du‹, sagte Zerdahel dann, schon im Aufstehen«, erzählte der Göd, »›was wir denken, was wir sprechen und sind – das sind nicht unsere Einfälle, Entdeckungen und Erfindungen, es sind die vorgeplanten Wechselfälle des unüberschaubaren Systems der Natur.‹ – Der Jude stand auf und ging für einen Augenblick hinaus, und ich dachte schon, er würde gar nicht mehr wiederkommen. Er war aber gleich wieder zurück und setzte sich auf seinen alten Platz, während Inga weiterhin schwieg. – ›Vielleicht will er sich zuerst alles zu Ende anhören?‹ dachte ich. – Und dann fing Zerdahel wieder an: ›Unlängst habe ich mich im ›London‹ mit Naghy-Vág unterhalten‹, sagte er. – ›Das Einhorn war bester Dinge. Er schilderte mir gerade seine Auseinandersetzung mit De Selby. Es ging um den Hund. Eine Zigarre, die er vergessen hatte, rauchte im Aschenbecher, als er schon die nächste herauszog und ich ihm, genauso gedankenlos wie er, Feuer gab. – Und plötzlich, während ich mir dieser doppelten Unachtsamkeit bewußt wurde und er mitten im Reden aufspringt, sich hin und her dreht und, indem er mit ausgestreckten Armen, den Dicken imitierend: ›Sie sind der Mörder!‹ ausruft, da spürte ich, wie aus meinem schon toten Zündholz noch einmal die Flamme sprang. – Dieses unsichtbare Sich-wieder-Entflammen‹, rief Zerdahel aus, ›zündete in mir die Erinnerung – und ich meine *Erinnerung,* und nicht etwa *Gefühl!* – die Erinnerung daran, daß sich das Feuer weiter am Zündholz entlangfraß, daß es mir die Hand, den Arm und den Körper abwärtsbrannte, daß ich, knisternd und singend in diesem Feuer, das unaufhaltsam weiterkroch, zu einem kleinen, in der Hitze zischenden Gummiklümpchen zusammenschmolz und daß mein Asche gewordenes Fleisch Stück für Stück von mir herunterfiel.‹«

»›In diesem Augenblick‹, rief Zerdahel wieder«, sagte Lumiere, »›in diesem Augenblick wußte ich plötzlich: ›Das warst du!‹ – das war ich selber in einem meiner früheren Leben gewesen. Und hätte mir Nagh jetzt auch nur einen Blick zugeworfen, ich weiß, ich wäre auf der Stelle gestorben. – Etwas in mir war da auf einmal bereit, zu etwas anderem, früher Gewesenen zurückzuwerden: zu einem auf ewig zwischen Feuern hindurchspringenden Skorpion, zu einem brennenden Strauch.‹«

»Zerdahel hörte einen Augenblick lang zu sprechen auf«, erzählte der Göd. »Er zog wild an seiner Zigarette und schlug aufgeregt mit seiner Hand nach dem

Rauch, so als wollte er damit seine Erinnerung schlagen, und ich mußte mich zurückhalten, damit ich nicht laut herauslachte, denn in diesem Moment sah er tatsächlich wie der brennende Dornbusch höchstpersönlich aus. – ›Gottseidank!‹ seufzte der Jude dann, ›Nagh sah nicht her.‹ – Er spürte zwar auch, daß da etwas gewesen war, denn ohne allen Zusammenhang klatschte er in die Hände und rief: ›Jesus, ich hab' vergessen, den Hühnern Wasser zu geben!‹ – begriffen aber hat er mich nicht, dessen bin ich mir ganz sicher. – Jetzt kann ich darüber natürlich leicht lachen, es ist ja vorbei, damals aber, das weiß ich, hat er mit dem Wasser in seiner Bemerkung das Feuer in mir gelöscht und mir damit das Leben gerettet. Das vergeß' ich ihm nie! – Ich hab ihm einen Liter spendiert. – Egal. Was ich damit sagen will, ist noch einmal: Vergessen, begraben, uns zublinzelnd, leben in uns unsere früheren Leben. – Hol' eine Schaufel, schaufel' sie aus! Schön wär's! Es geht nämlich nicht. – Wie sagst du immer? ›Wir leben nicht, wir erklären das Leben!‹ Richtig. – So viele Pflanzenfragen haben sich im Lauf unserer früheren Leben in uns gesammelt, und so viele Tierrätsel, daß das alles letztendlich in Menschenklugheit umschlagen mußte. Und da sind wir stehengeblieben. – In uns fragen die Tiere, und als Menschen erteilen wir Antwort. Die Affensorgen in unserer Brust entlocken uns die tönenden Steinwälder unserer Städte. Wir graben nach Schätzen und finden die Knochen, die unsere Hundevorfahren verscharrten. – Hinter uns liegt Ägypten, vor uns das versprochene Land. Rechts und links türmen sich die Mauern des Meeres.

Die Sonne steht still. Gestern ist heute. Ein Riß geht durch die Ewigkeit. – Wir sind die Esel des Sprichworts, die ausgezogen sind, um Hörner zu suchen, und ohne Ohren kehren wir heim!«

Lumiere zündete sich jetzt die Zigarette an, tat ein paar Züge, stand auf und ging leicht schwankend, so als hätte er getrunken, zum Fenster hinüber. Dort blieb er, den Rücken zur Öffnung, stehen und runzelte die Stirn.

»Wäre Inga dagewesen«, sagte er dann bestimmt und unterstrich dabei jedes Wort einzeln, »er hätte es erst gar nicht so weit kommen lassen. – Ich sage: Wenn er dagewesen wäre!« wiederholte der Göd. »Er *war* aber nicht da. – Zerdahel hatte bloß seinen nächsten Auftritt mit ihm geprobt. – Verrückt, nicht wahr!«

Wieder machte er eine Pause.

»Aber was ergibt sich denn nun aus all dem, was der Jude behauptet?« fragte er. »Doch wohl, daß wir Wiedergeborene sind, Opfer, die zurückkehren müssen an den Ort ihrer Tat. – Von ihm aber lehren die Schriften, daß er nicht ist. *›An diesem Ort war ich noch niemals‹*, heißt es, auf ihn Bezug nehmend, in einer Legende. *›Heller als die Sonne leuchtet neben ihr ein Stern. – Kehr' um! Geh weg! Du bist nicht der, der du warst.‹* – Was also meint Zerdahel nun, wenn er, die Schriften verfälschend, darauf besteht, daß alles, was wir denken und tun, schon längst gedacht und getan worden sei? Er meint, jede Tat sei die Rückkehr des Hundes zum Erbrochenen, die Wiederholung der je schon geschehenen Tat, die sich bis hin in die fernste Zukunft immer wieder aufs neue wiederholen muß. Aber wäre das so, dann könnten auch unsere Schriften nicht sein, als was er sie selbst immer rühmt: die immer neue, nie versiegende Quelle unserer Erkenntnis. – Nein«, sagte Lumiere bestimmt. »Die Erfindung als Wiederholung, wie Zerdahel sie uns weismachen will, ist eine Lüge. Sie ist so alt wie die Histrionen selbst! – ›*Und zöget ihr Kerzen*‹, verspricht eine unserer Sagen, ›*die Sonne schiene euch Tag und Nacht.*‹ Das besagt nicht, daß vergeblich wäre, was wir tun. Das bedeutet es *auch,* aber zuvor noch – und das ist wohl das Entscheidende – verspricht sie, daß uns das Licht Ahuras bei unserem Tun auf ewig leuchtet. ›*Und wöbet ihr Leichentücher*‹, heißt es in jener Sage weiter, ›*keiner würde mehr sterben.*‹ – Dasselbe Versprechen!« rief Lumiere. »Die Sage fordert uns auf, Kerzen zu ziehen und Tücher zu weben! – Und es war Inga, dem es als erstem gelungen ist, das Geheimnis dieses Widerspruches zu lösen.«

Der Göd sah mich an. – »›Erfindungen‹, fing Inga seine berühmte Erklärung an, die er nach der Lösung dieses Rätsels niederschrieb, ›Erfindungen sind Teile des sich selbst regelnden Prozesses unserer Geschichte.‹ – Haben Sie's bemerkt?« unterbrach sich Lumiere, »er hat ›Prozeß‹ gesagt, und nicht ›Kreislauf‹! – ›Jede Erfindung, jede Entdeckung‹, heißt es in dieser Erklärung, ›hebt sich selbst dadurch auf, daß sie ihre eigenen Voraussetzungen ebenso gründlich wie endgültig verdirbt.‹ Und er verwendet in diesem Zusammenhang einen äußerst einleuchtenden Vergleich.

›Der Baum spendet euch Schatten, solange er steht‹, erklärt er seine Erkenntnisse später. ›Fällt er, so fällt auch der Schatten, in dem ihr sitzt. Und die Leiter, die ihr aus seinen Brettern verfertigt habt, könnt ihr nicht an ihn lehnen.‹ Und er verwendet dieses Bild der Leiter noch ein zweites Mal. Da heißt es: ›Die Kraft der Leiter, über die einer hinauf zu seiner Erkenntnis steigt, verbraucht sich beim Klettern. Ist er einmal oben, dann ist die Leiter weg.‹ – Und ein anderer Absatz in seiner Erklärung lautet: ›Der Zeiger der Welt rückt ein Stück weiter. Einen einzigen Teil habt ihr verändert, und mit diesem Teil alle anderen Teile, auch euch! – Alles grenzt aneinander, und alle Rädchen beginnen zu laufen, wenn ihr an ein einziges rührt!‹ – Ich zähle diese Sätze zum Besten, das in unserer Generation gesagt worden ist«, sagte Lumiere. – »Kein Wunder! Ich bin der lebendige Beweis für sie.«

Im Wirtshaus

»Hören Sie zu«, fuhr er fort und wischte sich dabei mit dem Handrücken über den Mund. – »Es passierte vor drei Jahren drüben in Tadten im Gasthaus Kuh. Stitz war mit den anderen in Varbalog beim Kirtag gewesen, ich kam aus Bala von einem entfernten Onkel. An der Abzweigung nach Zick waren wir verabredet, und weil es noch früh war, blieben wir eine Weile im Gasthaus sitzen. Diese Wegkreuzungen!« rief der Göd übertrieben aus.

»Alle waren schon ziemlich betrunken, als Stitz

plötzlich zu mir kam und sagte, er würde gerne mit mir eine Partie Schach spielen. – Es war ja so ein heller Nachmittag! Wir saßen beisammen, der Wirt machte uns Karpfensuppe. Rák borgte sich von ihm eine Säge aus und spielte darauf, seine Frau sang dazu. – Was für eine Stimme diese Anna hat!« rief Lumiere wieder. »Es ist ein Gesang, der einen leicht um den Verstand bringen könnte. – Egal. Inga spielte an einem Spielautomaten, und der Jude erzählte Naghy-Vág beim Würfeln, daß er einmal beobachtet hätte, wie einer an einem Wirtshaustisch allein für sich gesessen sei und gewürfelt habe und wie es ihm gelungen sei, die Anzahl der Augen eines Würfels auf dem Tisch vor ihm nach Belieben zu verändern, ohne ihn auch nur zu berühren. – Dieses zornige Würfelklappern!« Lumiere schüttelte den Kopf.

»Vielleicht war es das«, sagte er. – »Stitz jedenfalls setzte sich auf einmal zu uns herüber. Ihre Frau Tante saß da, und Oslip natürlich, der sich damals schon kaum mehr aufrecht im Sitz halten konnte – Stitz also setzte sich zu uns und starrte mich wortlos an. Etwas Unheimliches und Heimtückisches hatte das, und irgendwie hielt ich es plötzlich nicht länger aus – Ich wußte ja, was er von mir wollte! – und so fragte ich ihn: ›Du möchtest also mit mir spielen?‹ – Er nickte. Hundertmal hatte er mich schon darum gebeten, und hundertmal hatte ich es ihm ausgeschlagen, und jetzt bot ich es ihm von mir aus an! Warum? – Ich weiß es nicht. – Wir stellten jedenfalls unsere Schlachtreihen auf, die Damen neben das Brett, wo sie hingehören, und nach acht Zügen schwitzte das Pferd schon zum erstenmal über dem Einfall, der das drohende Matt abwenden sollte. – Dieser Lärm in der Gaststube! Dieses viele Licht! – Ich war ganz benommen davon, und während Stitz also noch nachdachte, fing ich gedankenlos an, die schon geschlagenen Figuren in der Reihenfolge und Ordnung ihres Geschlagenwerdens um die beiden ausgeschiedenen Königinnen anzuordnen. Und indem ich die Damen für Könige nahm – Wie war das nur möglich?« unterbrach sich der Göd und schüttelte wieder den Kopf, – »indem ich sie also für Könige nahm, begann ich simultan auf dem Schachbrettmuster des Spieltisches, auf dem unser Schachbrett lag, eine zweite Partie zu spielen. Selbstverständlich war meine Position hier auf dem Tischbrett sehr ungünstig, weil ich ja auf dem Spielbrett bereits uneinholbar in Führung lag. Sie haben es früher selbst überprüfen können. – Wie auch immer: Ich habe damals drei entscheidende Fehler gemacht«, fuhr er gefaßt fort. »Zum ersten ist es verboten, mit einem schwächeren Spieler zu spielen, zum zweiten spielt man nicht in Anwesenheit von Damen, und zum dritten – und das war, wie sich von selbst versteht, das Unverzeihliche und Entscheidende – gab ich den Königinnen freiwillig das, was ihnen von Natur aus versagt ist: die Macht von Königen!«

Lumiere zog ein Taschentuch heraus und schneuzte sich. Er dachte einen Augenblick lang nach und fuhr dann fort:

»Ich spielte also mit dem Gedanken, wie ich nun auch diese zweite Partie – sozusagen außer Konkurrenz und ohne das Pferd davon in Kenntnis zu setzen – gewinnen könnte, und ganz verrückt von diesem verrückten Plan überlegte ich mir die nächsten sechs bis acht Doppelzugkombinationen. – Wie außer mir schob ich die Figuren auf dem Tisch hin und her; Stitz grübelte immer noch; da wurde vor mir auf dem Ober- und Unterbrett alles lebendig: Die Türme wiegten sich eigentümlich in den Hüften, ein Bauer ließ seine Hose herunter, um offen auf sein Feld zu scheißen, ein Läufer, der schon die ganze Zeit an derselben Stelle gewartet hatte, zog sich den Schuh aus und untersuchte seine Fußsohle, und ein paar Felder weiter unterhielt sich einer meiner Springer, den Rükken zur Brettmitte, mit seinem Gegenspieler. – Ich hob die Figuren auf, untersuchte sie, stellte sie wieder hin. Jetzt merkten auch die anderen, daß bei uns herüben etwas nicht in Ordnung war, und kamen von ihren Tischen zu uns. Oslip wand sich neben mir hin und her und verdrehte die Hände, und dann – Zack! Es war, als hätte mir von hinten jemand eins mit dem Knüppel übergezogen – griff Stitz nach dem Glas, trank einen Schluck, rollte die Augen und zog. Es war ein ganz und gar idiotischer Zug, mit dem er sinnloserweise sein Pferd preisgab. – Ich sprang auf. So schlecht spielte Stitz doch sonst nicht! Oslip, der von alledem natürlich überhaupt nichts verstand, lachte, als würde er verstehen, sein Körper zuckte, als wollte er sich erbrechen, die Tische um mich herum drehten sich wie vorher die Figuren auf dem Brett, und ohne zu wissen, was ich tat, ging ich zum Fenster hinüber, zog – mitten im Gasthaus! – meinen Schwanz heraus und schiffte in den Köpócsésze*!« Er spuckte, als er das Wort aussprach. – »Lachen Sie nicht!« schrie der Göd. »Sie haben kein Recht dazu! – Ich war so gefangen in diesem Doppelschachwahnsinn und in den Gedanken daran, wie dieses Spiel von mir spielbar gemacht werden könnte, und dann dieser Zug, der alle meine Berechnungen über den Haufen warf. Nur ein einziger Zug wäre vernünftig gewesen, und der lag auf der Hand. – Und nun stand ich also da vor dem Fenster, nahm überhaupt nichts mehr wahr, sah es und sah es nicht: Das Wasser, das in einem Strahl aus mir herausspritzte, die nassen Hosenbeine, die anderen, die lachten und mich johlend anfeuerten, und wieder diese beiden Bretter, das Doppelschach. – Und während ich all das, deutlich wie einen Brand, den ich mit meinem Wasser löschte, vor mir in den Sägespänen sah, wurde mir plötzlich klar, daß ich die Partie auf dem Nebenbrett des Tisches unweigerlich verloren hatte, weil Stitz auf dem Hauptbrett das Pferd ungedeckt stehen ließ und ich schlagen mußte.«

Im Gesicht des Göds zuckte es. Er seufzte tief. – Dann sagte er traurig:

»Ich sah dieses Pferd vor mir aufsteigen und zusammenbrechen. Im Läufer auf dem Tisch entstand ein Riß. Meine Königin griff sich ans Herz, während sich ihre Gegnerin umdrehte, unverschämt ihr Kleid in die Höhe hob und ihren nackten Hintern nach allen Seiten

* So nennen die Bieresch eine mit Sägespänen gefüllte Holzkiste, die in Gasthäusern anstelle eines Spucknapfes aufgestellt wird.

hin drehte. – Education sentimentale!« sagte Lumiere plötzlich auf französisch.

Er schneuzte sich wieder. Dann fuhr er ruhig fort, wobei er mir wieder gerade in die Augen blickte:

»Ich eilte also an unseren Tisch, um Stitz zu warnen, aber es half nichts. – So als hätte er meinen Plan noch vor mir durchschaut, saß er ruhig mit vor der Brust verschränkten Armen da und sah mich spöttisch an. Ohnmächtig vor Wut warf ich den Tisch samt dem Brett und den Figuren um und ging fort. – Seither rühre ich kein Schachspiel mehr an, obwohl mir die Finger schon zucken, wenn ich nur daran denke. – Aber immer wieder lockt der Gedanke an dieses Spiel aus mir die Erinnerung an meine Erfindung, das Komplementärschach, an das Bild des sich langsam mit Leben füllenden Sekundärbretts bei gleichzeitiger Leerung des Primärbretts, und das Bild dieses festen, hellen Weiberhinterteils, das ich damals für einen Sekundenbruchteil habe aufblitzen sehen. – Verloren und nicht gefunden. Das Trojanische Pferd. ›Dünger für's nächste Jahr!‹« Lumiere lehnte sich nach hinten und breitete seine Arme aus. Dann klatschte er in die Hände und begann von neuem seine lange Wanderung durch das Zimmer.

»Also gibt es für mich kein Schachspiel mehr«, sagte er mit einer alles abschließenden Handbewegung. – »Also wirklich ein für allemal Schluß mit dem Primär-, Schluß mit dem Sekundärschach. Alles vorbei. – Und was habe ich nun daraus gelernt? – Daß auch die Weiber einen Hintern haben? – Genau. ›*Er sucht etwas, das er in einem anderen Leben verloren hat*‹, sagen die Histrionen. *Ich* suche seit damals in Weiberärschen, was ich früher, ohne zu suchen, im Schachspiel fand. Die Weiber machen mich ganz verrückt! – Ihre Frau Tante zum Beispiel. Ich habe ein Foto von ihr, – wollen Sie's sehen?«

Er kam wieder zu meinem Bett, setzte sich auf den Stuhl und beugte sich vertraulich zu mir herüber. Ich fuhr zurück. Lumiere schüttelte den Kopf und zog, wie enttäuscht, die Luft scharf durch seine Nase ein.

»Inga jedenfalls meint«, sagte er dann wieder ernst, »daß mit dem Weiterrücken des Zeigers das ganze Weltuhrwerk weitergerückt wird. Daß die kleinste Verschiebung alles verschiebt. – Und es ist wahr. – ›Nichts wiederholt sich‹, sagt Inga, und Zerdahel sagt: ›Es ist, wie's war.‹ – Er hat darüber sogar einmal eine Geschichte geschrieben. Zerdahel glaubt, auch *er* könne Geschichten schreiben. Er kann *nicht!*«

Drittes Kapitel

ZWEI LEGENDEN

Aus der Brusttasche seines Rockes zog Lumiere nun drei Zettel, die mehrmals gefaltet waren. Ich schlug sie auseinander. Alle drei Blätter waren mit derselben Schreibmaschine beschrieben worden. Der Göd hatte zu den Texten jeweils handschriftliche Anmerkungen gemacht, die für mich, weil sie in Kurrentschrift verfaßt waren, nicht leserlich waren. Der erste Text, den ich las, war gezeichnet.

Er trug den Titel:

Die Gegenwart der Erinnerung

»Er drückt einen Hebel«, stand da, »die Kulissen senken sich aus dem Schnürboden. Der Vorhang rauscht in die Höhe. Die Schauspieler nehmen Haltung an.

Jetzt kommt die schöne Sängerin und beginnt bezaubernd zu singen. Alles lauscht hingerissen. Der gefesselte König wird von hinten auf die Bühne getragen. Das Licht wird schwächer. Da fleht die schöne Sängerin mit schmachtenden Worten um das Leben des Königs. Aber der grausame Herrscher muß sterben. Im Zuschauerraum ist es mucksmäuschenstill. Neue Kulissen torkeln hinter den Soffitten herab. Der Todesengel schlägt mit den Flügeln, und die Gruftwächter nehmen Haltung an. Das ist das Ende. – Ratlos klatschen alle.

Was ergibt sich daraus? – Man schüttelt den Kopf, zieht sich die Hose zurecht. Was soll man jetzt tun? – Nach Hause kann man nicht gehen: Der Abend ist gerade erst angebrochen. Dennoch ist der Zuschauerraum fast schon zur Hälfte leer, und gleich wird einer kommen und die Tribünentüre verschließen. – ›Vielleicht kann ich mich vor dem Saaldiener verstecken, indem ich mich flach zwischen den Sitzreihen auf den Boden lege?‹ denkt man. Vielleicht ist die Putzfrau, die man schon jahrelang kennt, durch einen kleinen Geldbetrag zu erweichen, und es gelingt einem doch, die Zeit bis morgen abend unbehelligt zu übertauchen. – Morgen abend! – Morgen abend wird hier dasselbe Stück wieder gegeben. Dasselbe Stück, dieselbe Besetzung. So steht man da – eine Hand vergessen in der anderen vom letzten Applaus.

Da löst sich ein Häkchen; einer drückt einen Hebel.

Schon hebt sich rauschend der Vorhang. – Die schöne Sängerin entschwebt ihrer Bettstatt und beginnt ganz betörend zu singen. Das Lied gefällt den Zuhörern sehr. Man merkt es an den geröteten Augen, an beifälligen Zurufen. – Seufzend ergibt sich der sterbende König seinem widrigen Schicksal. Langsam senkt sich der Engel des Todes aus der Höhe des Schnürbodens. Die Sängerin unterbricht ihre schmachtende Klage. Die Gruftwächter kommen herein. – Alle nehmen betroffen Haltung an. Jetzt kommt das Ende.

Der Zuschauer klatscht ratlos.«

Zerdahel

Ich drehte den Zettel um, um zu sehen, ob vielleicht auch die Rückseite beschrieben war, sie war aber leer. So begann ich, ohne aufzublicken, weil ich spürte, wie mich der Göd aus den Augenwinkeln beobachtete, den zweiten Zettel zu lesen.

»Was für sonderbares Leben wir leben«, hieß es da. – Die Legende hatte keine Überschrift.

»Was für sonderbares Leben wir leben!

Vom Anochi Jóték, das ist ›der Wohltätige‹, wird uns berichtet, es sei den von ihm zu einem Fest geladenen Gästen tatsächlich gelungen, die Geschichte ihrer Gemeinde in der von den Schriften geforderten Weise aufzuzeichnen, indem sie die Namen der Gemeindemitglieder zur gemeinsamen Ordnung aneinanderreihten, ohne auch nur einen einzigen Namen zu vergessen.

Dieser Vorfall kennt in der Geschichte unseres Volkes kein Beispiel. Um so fürchterlicher muß es demgemäß für die Biereschek von Celldömölk, besagter Gemeinde, gewesen sein, und um so fürchterlicher ist es für uns, ihre Direktträger, daß jener Bericht im nämlichen Augenblick vom Erdboden verschwand, da er aufgeschrieben worden.

– Er erlosch vor den Augen Ahuras, sagt man. Wehe! Denn auch diese Gemeinde, ein vormals blühender Ort, verelendet in zunehmendem Maße, wie berichtet wird. –

Ein Jahr verging nach dieser denkwürdigen Begebenheit, erzählt man, da hätten sich die Gäste von ehedem (welche sich vom Tage des Unheils an gänzlich dem Müßiggange verschrieben, denn weder bestellten sie ihre Felder, noch auch ließen sie das Vieh decken) durch eine geheimnisvolle Fügung des Schicksals, welches nicht ist, vollzählig zur nämlichen Stunde im Hause Jótéks, des Wohltäters, eingefunden – dieses Mal, wie uns überliefert ist, um den Gastgeber einzeln über das Scheitern all ihrer Anstrengungen zu unterrichten. Allesamt hatten sich nämlich in diesem Jahre in den Pflichten und Aufgaben, wie sie sich von Anochis auferlegt werden, geübt.

Das Zusammentreffen sei ohne vorherige Absprache erfolgt. – Bevor es aber noch zur Erstattung der Berichte gekommen sei, habe man sich, in Anbetracht der seltsamen Wiederholung der Umstände, die man für einen Fingerzeig nahm, erneut an die Lösung der Aufgabe gemacht, alle frohgemut und in der Gewißheit des bevorstehenden Gelingens. – In der Tat sei auch dieses Mal die Ordnung der Namen wieder geglückt. Zum Fluche der Versammelten und zu unser aller Fluch allerdings bloß zur Hälfte, denn zur Niederschrift sei es wegen einer unerklärlichen, plötzlich über alle hereinbrechenden Dunkelheit der Sinne nicht mehr gekommen.

– Ahuras Ohren haben sich den Biereschek verschlossen, als er ihre Botschaft empfing. –

Ein Jahr danach habe sich das gleiche zum letzten Male wiederholt: Dieselben Gäste, das gleiche Fest. – Das Unterfangen sei allerdings von vornherein unter dem Unstern der zu erwartenden Enttäuschung gestanden. Die Männer seien zerfahren und geplagt von der Vorahnung nunmehrigen endgültigen Scheiterns gewesen, die Stimmung auf das äußerste gedrückt.

Einige der Anwesenden hätten, wie sie später versicherten, schluchzend vor allzu starker Gefühlsbewegung, die nahtlos sich einfügenden Namen trotz heftigster Anstrengungen nicht um alles in der Welt herauszubringen vermocht. – Ihr ohrenbetäubendes Gestammel habe sich in der Nähe wie mißgünstiges Rascheln unter Blättern angehört und sei noch in beträchtlicher Entfernung als Splittern von Glas, besser: als Bersten einer Eisdecke auf einem riesigen See vernehmbar gewesen.

– Ahuras Hand hat den Spiegel zerschlagen. –

Wir sind die Quelle, aus der ihr euch schöpft, aus der ihr geschöpft seid«, schloß der Bericht. »Unser Unglück gebietet euch, neu den Faden zu nehmen, aufs neue den Knoten zu schürzen. – Ihr seid die Köder – wir sind die Schnur. Wehe!«

Vom Rücken der Handlung

»Was für Worte sind das!« rief Lumiere aus, der mir beim Lesen wie ein Erwachsener, der ein Kind beim Essen beaufsichtigt, mit eigentümlichen Mundbewegungen gefolgt war. – »Was für ein Klang«, rief er wieder, »wenn man dieses Dokument mit Zerdahels Machwerk vergleicht – Celldömölk!« sagte er. »So hieß früher eine Stadt im Süden, die eine Zeitlang völlig verlassen war – wie Ilmücz. ›Die Gemeinde verelendet in zunehmendem Maße‹ – dieser Satz läßt Rückschlüsse auf die Entstehungszeit des Textes zu. Seine Aufzeichnung wurde für die ersten beiden Jahrzehnte des vorletzten Jahrhunderts festgelegt. – Aber wichtiger als der Zeitpunkt seiner Entstehung ist die doppelte Täuschung, der fast alle bei seiner Lektüre unterliegen. – Jeder, der sich mit unseren Schriften auch nur oberflächlich vertraut gemacht hat, wird in ihm ein Dokument der Erlösung sehen, und tatsächlich weisen drei, scheinbar unwiderlegliche Indizien in diese Richtung.

Gehen wir sie der Reihe nach durch:

›Nimm alles wörtlich‹, heißt Gikatillas Kommentar zur Vulgata, ›und fahr in den Himmel!‹ Der Grundton dieser Aufforderung ist ironisch, denn es liegt in unserer Natur, daß wir nichts wörtlich nehmen können, daß wir alles auslegen müssen. Es ist ein Fluch, denn jede Auslegung des Wortes ist gleichbedeutend mit einem Abweichen vom Wort und damit Lüge, und es gibt eine Auffassung, wonach alle unsere Schriften bloß Auslegungen einer einzigen Quelle seien, über die wir allerdings nicht verfügen. – ›Die Herren sind fort‹, sagt man bei uns, ›die Knechte erklären.‹ Sagt das nicht alles?« rief Lumiere wieder. »Heißt das nicht, daß sich die Wahrheit unserem Zugriff entwindet und daß sie, je länger wir sie betrachten, desto unerreichbarer wird, unerreichbar wie ein Höhenzug? – Und was?« fragte Lumiere, »sollte man im Versuch einer Gemeinde, die Namen ihrer Mitglieder (die obendrein immer den Schriften entnommen sind) zu einer einzigen Geschichte zu fügen, anderes sehen als den frevelhaften Versuch der Deutung der Schriften und der Hinzufügung einer neuen Schrift.«

»Der Bericht ›erlosch vor den Augen Ahuras‹, heißt es in der Legende. ›Er hat den Brand mit dem Feuer gelöscht‹, sagen wir dazu, oder: ›Er hat mit schwarzem Feuer auf weißem Feuer geschrieben.‹ – Das gleiche, nur vielleicht noch deutlicher, meint die zweite Aussage. ›Und es wird kein Geräusch sein auf der Erde‹, lautet einer der letzten Sätze der Verheißung, und dieser Zustand wird angedeutet, wenn es hier heißt, Ahuras Ohren hätten sich den Biereschek verschlossen. – Und die dritte, die Erlösung zugleich am eindeutigsten versprechende wie vernichtende Aussage heißt: ›Ahuras Hand hat den Spiegel zerschlagen!‹ – Wer würde an dieser Stelle nicht sofort an unsere Gründersage denken? ›Er hat den Spiegel zerschlagen‹ bedeutet, daß Ahura selbst getan hat, was unsere Gründerväter taten, und daß er damit ihnen die Schuld ihrer Tat abgenommen hat. Etwas ist hier zum zweitenmal geschehen, etwas wurde hier wiederholt – und wir alle wissen, das kann nur ER.«

»›Dann ist diese Aussage also doch eindeutig!‹ werden Sie nun sagen. Dann gibt es also Erlösung? – Richtig. Die Aussage ist eindeutig – und zwar in zweierlei Hinsicht. Denn in allen authentischen Aufzeichnungen unseres Volkes werden sie selbst, diese Aufzeichnungen, mit Spiegeln verglichen. Und liest man den Text so, dann bedeutet das, daß Ahura, als er den Spiegel zerschlug, die Schriften zerschlug, und mit den Schriften alle Tröstungen und Verheißungen der Schriften. Damit allerdings wäre das Gegenteil des oben Gesagten ausgedrückt, und nie könnten wir erlöst werden. – ›Es ist zu zweit eines‹, heißt es bei Gikatilla, ›pilpul – leicht und schwer!‹« – Der Göd war mit seinen Erläuterungen zufrieden und nahm die beiden Blätter, die er mir zu lesen gegeben hatte, wieder an sich. Dann fuhr er fort:

»›Er schneidet Gesichter‹, heißt es in einem von Gikatillas Kommentaren von dem, der die Schriften zu deuten versucht. – ›*Sind Worte Schatten / werden Schatten Spiegel*‹, lautet der zweite Teil eines unserer Kinderreime, und er enthält eine Warnung, auf die man beim Lesen nie vergessen soll, denn wer falsch liest, sieht nur sich selbst. – Denken Sie zum Beispiel an den Schluß der Celldömölker Legende«, sagte Lumiere und schlug mit dem Handrücken auf das Papier, das auf seinen Knien lag.

»Hier steht: ›Ihr seid die Köder, wir sind die Schnur!‹ – Scheinbar birgt diese Stelle keinerlei Probleme, aber – Achtung!« rief er und klatschte dabei in die Hände, so als wollte er einen Zauber brechen. »Es ist eine Falle! – Der Ausdruck ›Köder‹ wird bei uns häufig stellvertretend für die Mitgift verwendet, die der Sohn bekommt, und ›Schnur‹ ist eine uralte Bezeichnung für die Schwiegertochter. – Und liest man den Satz in dieser Richtung, so schwingt seine Bedeutung zurück in ihr Gegenteil. – ›Nimm alles wörtlich, und fahr in den Himmel!‹ – Was für ein gescheiter Satz! – Wörtlich läßt sich nur nehmen, was eindeutig ist, und davon findet sich in unseren Schriften nichts. Liest man in ihnen, so hat man zwar oft das Gefühl, man könnte den Worten eine Schlinge um den Hals legen – so genau scheinen sie, versucht man es dann aber, bekommt man selbst keine Luft mehr. Denn wörtlich zu nehmen setzt doch voraus, daß man verstanden hat. Bemüht man sich aber darum, und legt man die Hände auf den Tisch der Erkenntnis, so fängt dieser wie verrückt zu tanzen an. – Nur der allererste, flüchtige Eindruck, dieses kurze, kaum hörbare Schmatzen und Nachseufzen, das man vernimmt, wenn man eines unserer Bücher ausgelesen hat und wieder zuschlägt, gibt wahrhaft Aufschluß darüber, was es gemeint hat. Alles andere ist Täuschung. – Aber lesen Sie zum Vergleich doch die zweite Legende. Auf sie stützt sich die Theorie Ingas, die ich Ihnen früher darzulegen versucht habe«, sagte Lumiere und wies auf das dritte Blatt, das ich noch in der Hand hielt.

Bleibt beim alten

»In einem Dorfe, nicht weit von hier«, begann der dritte Bericht, »lebt ein Mann, dessen einziges Verlangen darauf ausgerichtet zu sein scheint, so stark zu werden, daß er der Welt in allem standzuhalten vermöchte. – Zu diesem Ende bedient er sich des folgenden, denkwürdigen Mittels: Entdeckt er einen Gegenstand, an dem er eine feindselige Einstellung auszunehmen vermeint, so stellt er sich breit vor ihm auf und wartet unbeirrbar so lange zu, bis er sich von ihm angenommen glaubt. Erst wenn er dieses erreicht hat, ist er zufrieden. Und wenn es auch oft Tage und nicht selten eine Woche und länger dauert (während welcher Zeit der Mann weder Speisen noch Trank zu sich nimmt, sich vernachlässigt und auch an keinen Menschen sein Wort richtet oder dessen Worte anhört), so wartet er doch, bis ihm sein Widerpart ein unmißverständliches Zeichen der Versöhnungsbereitschaft gegeben.

Es sei dem Mann auf solche Weise gelungen«, hieß es weiter, »Gewalt über Menschen und Tiere, Festes und Flüssiges zu erringen. – Gegenstände seiner nächsten Umgebung würden sich häufig ohne erkennbare Ursache von dem ihnen zugewiesenen Platze bewegen; schnippe er mit den Fingern, so erzeuge er damit heftigen Funkenflug; Holz könne er zum Singen bringen. – Man habe ihn einmal dabei überrascht, als er mit etlichen Werkzeugen in einem Schuppen ausführlich sich unterhalten habe, und wie ihm diese, abwechselnd sich hebend und gegeneinanderschlagend, in wohlklingender Tonfolge redselig Antwort gegeben.

Der Mann selbst steht in dem Rufe, wechselblütig zu sein.

Er würde beim Betreten einer Stube freundlich alle Gegenstände begrüßen, Menschen hingegen stehe er scheinbar gleichgültig, ihrem Schicksale unverständig gegenüber. Oft erkenne er selbst älteste Bekannte und ehemalige Freunde nicht. – Man sagt ihm nach, daß er zwar in jeder Weise hilfsbereit und zuvorkommend sei, wenn auch nicht auf eine menschlich zu nennende Weise, denn er fasse Hilfeleistungen nicht als Dienste an in Not befindlichen Mitgliedern seiner Gemeinde auf, sondern verstehe deren Notlage vielmehr als einen gegen ihn gerichteten Anschlag, dem es um jeden Preis umsichtig zu begegnen gelte. – Gerade auf derlei Art, dadurch daß er sich dazu zwinge, selbst dem größten Schrecken ohne Rührung ins Auge zu blicken und seinen Blick niemals abzuwenden, gelinge es ihm, diesen (den Schrecken selbst) gleichsam zu lähmen. – Für seinen Beistand erhalte er von niemandem Dank, scheine Dank oder Belohnung allerdings auch gar nicht zu erwarten.

Es ist die Ansicht geäußert worden, daß dieser Mann ein falscher Erleuchteter sei. Dies ist ohne Zweifel nicht gerecht. Weder prahle Hogy – das ist der Name des Mannes, der bedeutet ›je – nachdem‹, ›daß‹ und ›wie, auf welche Art?‹ – mit seinen Künsten, noch auch habe man an ihm welche Zeichen stillen Hochmuts auch immer feststellen können. Durch sie aber verrät sich der falsche Erleuchtete stets. – Überhaupt ist derlei Urteilen mit angemessener Vorsicht zu begegnen.

Durch verschiedene Umstände bestärkt, erhält gleichwohl eine andere Meinung Nahrung – diejenige nämlich, daß seinem segensreichen Wirken am einen Orte unerklärliches Unheil an anderem Rechnung trage. So ist zu berichten: Im vergangenen Jahr starb just in jenem Augenblick, da Hogy in Kertes einer an einem Fruchtspeicher entstandenen Feuersbrunst durch bloßes Händereiben Einhalt geboten, auf einen Schlag sämtliches, auf der hiesigen Dorfweide gepferchtes Vieh, macht zwölf Kühe, dreißig Schweine. – Ein andermal hob ein plötzlich aufkommender Drehsturm ungewöhnlicher Heftigkeit in Hetfőhely, welches bedeutet ›Montagmarkt‹ und bei uns ›Bildein‹ genannt wird, etlicher Häuser Dächer ab, als er durch Besprechen eine verborgene Quelle aus dem Erdreich gelockt, und ezenkivül (noch dazu) an einem Orte, an dem seit Menschengedenken kein Wasser mehr zu ziehen gewesen.«

Vom Rücken der Handlung

Ich gab Lumiere nun auch den dritten Zettel zurück, und er steckte ihn zusammen mit den anderen in seine Brusttasche. »Wüßten wir sämtliche Bewegungen sämtlicher Teilchen eines einzigen Augenblicks unserer Geschichte, dann wären alle zukünftigen Entwicklungen, alle vergangenen Zustände erschließbar. Denn alle Teilchen verändern sich, wenn auch nur ein einziges verändert wird. – ›Jede Handlung hat ihren Rücken‹, sagt Inga. Es ist die ausgleichende Ungerechtigkeit, die Oslip-Schaukel«, erklärte der Göd.

Ich zuckte zusammen.

»Was ist mit Ihnen?« fragte er. – »Die Bezeichnung ist uralt. ›Összelep‹ ist ungarisch, es heißt, zwei Dinge gleichzeitig miteinander verbinden. ›Fallend‹, sagen wir, ›wirst du aufwärtsgetragen.‹ In demselben Augenblick, in dem dir das Glück in den Ohren rauscht und die Welt unter dir *wie ein Kirchhof mit seinen Kreu-*

zen versinkt, schlägt das andere Ende der Schaukel auf dem Erdboden auf, und ich, der ich dich so hoch in die Lüfte trage, reiße mir meinen Fuß ab.«

»Was?« rief ich atemlos, weil ich wußte, daß er jetzt log, »Sie waren das?«

»Aber nein«, sagte Lumiere ärgerlich, »Oslip natürlich! – Aber lassen Sie mich jetzt ausreden. – ›Jede Ohrfeige, die du bekommst‹, sagen wir Monotomoi, ›entzieht der Welt die Kraft für eine Wohltat. – Du bist schuld!‹ – Oder, um es mit Inga auszudrücken: ›Dich‹, sagt er, ›trifft die Ohrfeige, die mir gegolten hat. Was hast du mir getan?‹«

»Wir nennen es auch ›Drittabschlagen‹«, fügte der Göd lachend hinzu.

Viertes Kapitel

DIE ÜBERBRÜCKUNGSHILFE

DAS ALLES IST FREILICH NICHT GANZ LEICHT ZU VERstehen«, fuhr Lumiere, wieder ernst, fort und zündete sich eine weitere Zigarette an. »Und ich kann mir gut vorstellen, daß Sie sich jetzt fragen werden, was denn das nun eigentlich mit Ihnen zu tun hat. – Passen Sie auf!« sagte er und fing wieder an, auf und ab zu gehen.

»Die Sache ist die: Sie sind der Tote*.« Er machte eine Pause. »Die Schriften warnen uns vor dem Toten. – ›Er singt mit falscher Stimme‹, heißt es einmal, ›er ißt mit der falschen Hand.‹ – Gerade Eltern, krummes Kind. Der Rücken der Handlung – verstehen Sie? Können Sie Handlinien lesen? – Die rechte Hand zeigt, was man will, die linke das, was man hat. Sie haben die Linke vor uns versteckt, sie haben uns die Lügenhand hingehalten!« sagte er und zeigte mit dem Finger auf mich.

»Ihr Onkel ist gestorben«, fuhr er fort. »Sie hat man uns an seiner Stelle geschickt. Gut. Damit müssen wir fertig werden. Aber gerade deshalb müssen wir wissen, wer Sie sind. – Wer sind Sie? Woher kommen Sie? Was haben Sie vor? Das sind die Fragen. – Was glauben Sie, was der Jude am ersten Abend getan hat, ohne daß Sie es merkten? Er hat aus Ihrem Weinglas getrunken. Wenn man nach jemandem aus dessen Weinglas trinkt, so heißt es bei uns, dann weiß man, was er gerade gedacht hat. – Aber Ihr Glas war leer. Pech.« Er blieb am Ende des Ballsaals stehen. »Also haben

* So nennen die Bieresch das Patenkind.

wir abgewartet«, sagte er, das Gesicht zur Mauer. »Und was haben wir dabei in fünf langen Wochen gelernt?« fragte er und drehte sich abrupt um. »Nichts. Ihre Zuckerseite haben Sie uns gezeigt. Danke – Jetzt wollen wir uns einmal Ihren Hintern anschauen. – ›Die Sau auf die andere Seite drehen‹, nennen wir das.«

Er sah mich ernst an.

»Die Überbrückungshilfe also«, sagte er schließlich ohne Übergang. – »Sie haben gerufen, wir sind da. Womit können wir dienen?«

Ich gab keine Antwort, und um den Göd nicht sehen zu müssen, schloß ich die Augen.

»Ich habe Ihnen vorhin zu erklären versucht«, fuhr Lumiere geduldig fort: »Es handelt sich dabei um eine Art Nothilfeorganisation für junge Menschen, die scheinbar ohne eigenes Verschulden in Bedrängnis geraten sind. – Ich sage ›scheinbar‹«, unterbrach er sich, »denn die Schuld steht außer Zweifel. – Trotzdem aber ist es die unabdingbare Voraussetzung für Unterstützungen jedweder Art, daß sich der Unterstützte der Hilfeleistung als würdig erweist. Das bedeutet, daß er selbst ernsthaft bemüht sein muß, sich aus seiner Notlage zu befreien. Dazugehören ist nicht genug!« rief er mit Eifer. »Da gehört mehr dazu. – Dazu gehören Gruppengeist, Gemeinschaftssinn, Kooperationsfreudigkeit! Darauf kommt's an! – Daß der Tote dankbar die Hand ergreift, die ihm hingehalten wird, und daß er damit zu erkennen gibt, daß er sich auch, wenn nötig, selbst helfen wird – das ist es!«

»Ich will keine Hilfe«, sagte ich jetzt, die Augen weiterhin geschlossen.

»Doch«, erwiderte der Göd, »Sie wollen Hilfe.« – Und so als spräche er nicht zu mir, sondern durch mich an die Gesamtheit aller Menschen, fügte er hinzu: »Sie wollen Hilfe unbedingt.«

»So viel Fieber ist in dir«, fuhr er leise fort und beugte sich nahe zu mir herunter. »Dein Leben lang will es aus dir heraus, und dein Leben lang hast du dich darum betrogen. – Greif einmal deinen Kopf an!« sagte er. »Spürst du die Hitze? – Dein Klima ist nicht gesund. Um ein Haar wärst du gestorben!«

Ich sah Lumiere an, der jetzt selbst wie im Fieber redete, und schüttelte den Kopf.

»Du singst mit falscher Stimme!« wiederholte er nachdenklich. – »Was ist es denn so Wichtiges, daß du es so dringend vor uns verstecken mußt? – Was hast du denn da in deinem Rücken, he?« fragte er jetzt drohend. »Einen Regenschirm? Eine Scheibtruhe? – Wir werden schon noch draufkommen!« Er sah mich prüfend an.

»Ihr Städter«, sagte er dann verächtlich, »ihr seid ja solche Lügenkünstler! Jedes unschuldige Wort eine Lüge, das ist euer Lebensprinzip. – Immer nehmt ihr die Abkürzungen, und wenn ihr dann nicht ankommt, regt ihr euch auf. – Aber das geht bei uns nicht! Bei uns muß jeder zuerst einmal gehen lernen, bevor er frei herumtanzen darf.«

Lumiere nahm sich wieder zusammen und sagte ruhig: »Wollen Sie nun unsere Hilfe oder wollen Sie nicht?«

Ich gab keine Antwort.

»Also wollen Sie nicht?« fragte er. »Also werden wir es anders anfangen?«

»Machen Sie, wie Sie glauben«, gab ich zurück.

»Bin schon dabei!« rief er, beinahe fröhlich. – »Lina!«

Ich fuhr zusammen. Er hatte meine Tante gerufen. – Was wollte er denn von ihr?

Die Tante kam herein und blieb verschreckt, die Handflächen hinter sich an die Türfüllung gelegt, vor der Zimmertüre stehen. Zum ersten Mal nahm ich wahr, wie sehr sie sich in den letzten Wochen verändert hatte. Nichts von ihrer früheren Selbstsicherheit war übrig geblieben. Zu beiden Seiten hingen ihr unordentlich die Haarsträhnen ins Gesicht – das Gesicht einer Trinkerin.

»Ja?« sagte sie fragend, wobei ihre Hände im Rükken unruhig hin und her fuhren.

»Wir sind jetzt soweit«, sagte Lumiere. Er schien zufrieden. – Eine Erinnerung regte sich in mir. Hatte er diesen Satz heute schon einmal gesagt? Nein. Dennoch war ich sicher, ihn schon einmal von ihm gehört zu haben. Wann war das gewesen? Bei welcher Gelegenheit? – Ich dachte nach, aber Lumiere unterbrach mich, indem er sich in scharfem Befehlston an die Tante wandte.

»Sing jetzt«, kommandierte er.

»Ja, Göd«, sagte sie ängstlich. – Und dann fing sie, indem sie ihre Hände schwach an die Hüften legte und sich dabei ungeschickt, wie in ihr Schicksal ergeben, hin und her wiegte, mit ihrer näselnden Stimme zu singen an. Sie legte ihren Kopf zur Seite und quetschte zögernd ihr kleines Lied heraus:

»›Er wird einen Weg für uns finden!‹
sagen zum Tauben die Blinden«,

sang sie.

»Und von wem sprechen die Blinden?«

unterbrach der Göd im Wechselgesang.

»Vom Lahmen! –«

»Amen«, schloß Lumiere feierlich.

Die Tante weinte. – Es war eine abstoßende Komödie.

»Was Sie soeben gehört haben, war der einundfünfzigste Calypso. – Eigentlich ist diese Bezeichnung falsch. Es müßte ›Klippoth‹ heißen!« Das wußte ich schon von Zerdahel.

»Was wird in diesem Lied nun aber ausgesagt?« fragte der Göd. »Was bedeuten die beiden ersten Zeilen des Wechselgesangs? – Sie werden sofort verstehen.«

»Es gibt bei uns eine Weissagung aus dem späten vierzehnten Jahrhundert«, leitete Lumiere seine Ausführungen ein. »Sie kennen sie als die Legende des Anochi Yglemech, die von der Auflösung einer Gemeinde von Biereschek unmittelbar nach dem überraschenden Auftauchen eines Fremden erzählt. In einem Zusatz zu der Ihnen bereits bekannten Version heißt es gegen Ende: ›So hat sich ihnen‹ (gemeint sind die Ilmüczer«, warf er ein, »die den Fremden den Hund vor das Dorf tragen ließen.) – ›So hat sich ihnen die Erde nach ihrer wahren Gestalt offenbart: als Feuer! und das Wasser nach seinem wahren Wesen: als Blut!‹ – Diese Sätze geben Antwort. Und welche?« fragte er.

Ihnen zufolge, führte der Göd aus, hätten die Ilmüczer in das Wesen der Dinge geschaut, ein Ereignis, das laut Überlieferung nur dann eintreten könne, wenn eine Gemeinde unmittelbar vor ihrer Auflösung stehe, und diese habe ja, fuhr Lumiere fort, tatsächlich stattgefunden. Die Bewohner des Dorfes, hieß es in jenem Bericht, hätten dieses auf Anraten eines Anochi verlassen.

Darüber hinaus sei in einem frühen, im vorigen Jahrhundert verlorengegangenen Text ausführlich dargestellt worden, was dem Auszug der Biereschek von Ilmücz vorausgegangen sei: In einer noch nie zuvor beobachteten und beschriebenen Luftspiegelung sei am Himmel des Südens das Auge Ahuras in seiner schrecklichen Pracht für einen Augenblick sichtbar geworden, als Spiegel, der die Farben der vier Elemente gleichzeitig gespielt habe. Die Kuppel des Himmels sei an dieser Stelle mit einem für niemand hörbaren, gleichwohl aber alles zu Boden werfenden Knall geborsten, um sich danach sofort wieder zu schließen. Dieses Sich-Schließen sei für alle Zeugen deutlich vernehmbar gewesen, und zwar als ein Geräusch, das vielleicht am besten mit dem raschen Zuziehen eines Reißverschlusses verglichen werden könne. – »›Gott hat sich die Hose zugemacht‹, sagen wir manchmal im

Scherz«, rief der Göd. – Feuriger Regen, der sich auf der Erde augenblicklich in Sand verwandelt habe, welcher in alle Winde zerstreut worden sei, sei vom Himmel gefallen, und das wieder verwachsende Loch sei noch eine Zeitlang als Monyorokérék, das ist ›kreisrundes Haselgebüsch‹, als Narbe also, am Himmel erkennbar gewesen.

Was man auch immer von diesem Bericht halten möge, der an manchen Stellen mit seinen Ungereimtheiten den Leser in der Tat verwirre – eines, fuhr Lumiere fort, sei nicht zu leugnen, und zwar, daß die Ankunft des Fremden im Dorf von damals an unmittelbar mit der Erlösung der Biereschek in Verbindung gebracht worden sei. Vor allem in der ersten Zeit nach der Entstehung dieses Textes habe dieser Umstand Anlaß zu den unsinnigsten und unseligsten Spekulationen gegeben. – »Erlösung überhaupt wurde für möglich gehalten!« rief der Göd aus. »Denken Sie an die Handschrift von Celldömölk!«

Es sei kein Wunder, daß diese Handschrift durch die Ilmüczer Ereignisse in Stil und Aussage mitgeprägt worden sei, und es sei durchaus glaubwürdig, wenn behauptet wird, daß damals im gesamten Gebiet östlich und südlich des Sees ähnliche Begebenheiten registriert worden seien – in Schriftwerken allerdings, die bald nach ihrer Entstehung wieder in Vergessenheit geraten sein mußten, bis sie noch einmal in der Celldömölker Version ihren Niederschlag fanden. Das Verschwinden der Bindeglieder überrasche freilich niemanden, da sich nur authentische Berichte über längere Zeitspannen hielten.

»Eines jedenfalls hat dieser Bericht erreicht«, sagte Lumiere. »Ein unseliger Streit zwischen Minim und Malchim entbrannte. Wir, von denen man sagt, wir seien ein glückliches Volk gewesen – ›die Ölpresser vom Samstag‹ hat man uns früher genannt – vernichteten alle Erlösungsmöglichkeiten in den nachfolgenden Erlösungskriegen. – Erlösung ist etwas«, rief der Göd aus, »wonach man immer erst dann ruft, wenn man sie gerade verspielt hat. – Glückliche Völker haben keine Geschichte, sagt man, und diesen Zustand wiederherzustellen, haben wir Monotomoi uns vorgenommen.« Der Göd redete wie bei einer Wählerversammlung.

»*Wir* glauben an die Einzigartigkeit jedes einzelnen Bieresch und an die Unwiederholbarkeit der Verbindung seiner Eigenschaften, und gerade deshalb wissen wir auch, daß wir von ihm nichts zu erwarten haben. Sein Beitrag zur Geschichte ist, zu verhindern, daß sich etwas wiederholt. Und das ist auch der Grund, weshalb es niemals zur Versöhnung zwischen uns und den Histrionen kommen kann – Zerdahel an der Spitze!« Lumiere blieb stehen und zeigte mit dem Finger auf mich.

Wie er redete, erinnerte er mich immer stärker an Inga, den er sich offenbar als Vorbild gewählt hatte. Und von ihm hatte er auch all seine Gesten. Aber wie ein unbegabter, wenn auch fleißiger Schüler, der zu seinem Lehrer aufschaut und ihn vergöttert, schien er bloß alles auswendig gelernt zu haben, was Inga ihm vorgekaut hatte, ohne den Inhalt des Vorgetragenen begriffen zu haben.

»Die Histrionen wollen uns weismachen«, rief er jetzt, »daß Erlösung durch einen einzelnen möglich sei – entgegen den Schriften! Dabei läßt keine einzige Stelle in unseren Aufzeichnungen irgendwelche Zweifel daran zu, daß die große Ordnung nur durch *das gemeinsame Beißen aller Zähne aller Hunde,* wie es heißt, durch nichts also als die gemeinsame Anstrengung aller wiederhergestellt werden kann. – Und obwohl das alle wissen, sind es immer gerade die Besten unter uns, die das Leben von Anochis dem Glück der Gemeinschaft vorziehen. Das Verlangen nach Lösung und Erlösung ist in jedem so übermächtig stark, daß wir nur noch den Wunsch haben, einen Fremden einen Hund vor das Dorf tragen zu sehen, anstatt, unbeirrt von der Geschichte Yglemechs, gemeinsam mit unseren Brüdern und Schwestern an der gemeinsamen Geschichte unseres Volkes weiterzuarbeiten. – Ist denn auch nur einer von uns gegen den Fremden und seine Versprechungen gefeit? – Der Fremde! – Wann kommt er? Wie wird er sein? Was wird er tun. – *›Die alten, alten Geschichten‹,* heißt es von diesen Hoffnungen einmal, *›alle Bücher sind voll davon, in allen Schulen malen es die Lehrer an die Tafel, die Mutter träumt davon, während das Kind an der Brust trinkt. Es ist das Geflüster in den Umarmungen, die Soldaten singen es beim Marsch, die Händler sagen es den Käufern, die Käufer den Händlern.‹* – Der Fremde! – Blind sind die Biereschek von diesen Verheißungen!« Der Göd schob den Stuhl wieder an mein Bett heran und setzte sich darauf.

»Der Fremde«, sagte er wieder. – »An ihn zu glauben, macht blind, und Blindheit steckt an. – Das Lied, das Ihre Frau Tante vorhin gesungen hat, erinnern Sie sich?«

Ich nickte. Ich wollte nichts mehr hören, aber jetzt war er offenbar überhaupt erst dort, wo er hingewollt hatte.

»Die Biereschek – das sind die Blinden«, sagte er. »Blind sind sie von diesen Hoffnungen. – Ich bin der Taube. Taub gegen alle Versprechungen. Und von *wem* erwarten die Blinden nun, daß er sie führe, Lina?«

Die Tante gab keine Antwort. Sie schlug die Hände vor ihr Gesicht und schluchzte wieder. – Ich wußte, was er meinte.

»Vom Lahmen«, triumphierte Lumiere. Und als wäre es notwendig, dieses Spiel ganz bis zu seinem Ende durchzuspielen. fragte er noch: »Und wer ist nun der Lahme? Wen meint das Lied? – Was glauben Sie?«

Ich sagte nichts.

»Sie!« rief Lumiere feierlich. – »Sie sind der Fremde, der Lahme. ›Leichtfüßig sind seine Reden‹, heißt es in den Schriften von ihm, ›laßt sie laufen. – Er hat kein Gewicht. – Hebt ihn auf! Fällt er, zerbricht er.‹« Der Göd sah mich gespannt an.

»Du bist allein«, sagte er dann.

»Ich will nach Hause!« rief ich.

Er rührte sich nicht. – »Du bist allein«, wiederholte er, »und glaub' mir«, fügte er nach einer kurzen Pause hinzu, »die Zeit, in der du wegen jeder Kleinigkeit nach Hause, zur Rockfalte des Onkels laufen konntest, nur weil du dir, zum Beispiel, den Daumen gequetscht hast – diese Zeit ist endgültig vorbei!« Seine Worte klangen überlaut.

»Ich will nach Hause!« sagte ich noch einmal. – Was hatte der Göd mit dem Daumen gemeint?

Wieder war es mir, als hätte ich das schon einmal gehört, als hätte er mit seinen Worten ein Fenster in mir aufgestoßen, durch das nun kalte Nachtluft herein in mein Zimmer strömte. – Und dann erinnerte ich mich plötzlich wieder:

An einem Abend, während meines ersten Aufenthaltes hier, hatte ich mit Oslip und ein paar Kindern, die jünger waren als ich, hinter der Tischlerwerkstatt des Vaters meiner damaligen Freundin am Bach gespielt. – Plötzlich hatte mir Oslip zugerufen, ich solle zu ihm kommen. Er war, den Kopf über einen Mistkübel gebeugt, dagestanden und hatte hineingeschaut, so als gäbe es da etwas Besonderes. Den Deckel hatte er mit der rechten Hand festgehalten, die Linke hatte im Mist gewühlt. – »Setz' dich einmal da drauf!« hatte er, noch mit dem Inhalt des Kübels beschäftigt, zu mir gesagt, und stolz darüber, daß er gerade mich ausgewählt hatte, wo er doch der von uns allen anerkannte Anführer war und ich ganz neu hier im Ort, hatte ich zurückgefragt, was denn los wäre. – »Ich weiß nicht, es ist so komisch!« hatte Oslip geantwortet und mich noch einmal aufgefordert, mich auf den Kübel zu setzen. Ich hatte das dann auch getan, aber nichts war geschehen. – »Wart' einmal, so mußt du's machen!« hatte Oslip gesagt und hatte sich mit dem Rücken zum Kübel gestellt. Die Handflächen hatte er oben auf den

Deckel gelegt und sich mit einem Schwung auf ihn gesetzt. – Seufzend hatte der Deckel unter seinem Gewicht nachgegeben, aber mehr war nicht passiert.

»Hast du's gehört?« hatte Oslip gefragt, und ich hatte verneint. – »Das gibt es doch nicht! Probier du's noch einmal, und paß' genau auf!« – Ich hatte es wieder versucht, und, ungeschickt wie ich war, hatte ich die Daumen nicht rechtzeitig unter dem Deckel herausgezogen und mich mit Wucht auf sie gesetzt. – Im Nu waren unter der Haut zwei dicke Blutblasen entstanden, die mir so weh taten, daß ich vor Schmerz laut aufschrie.

»Hörst du's jetzt? – Mir kommt vor, ich hör's!« hatte Oslip, der alles genau vorausgeplant hatte, lachend gespottet, und in einem Kanon der Schadenfreude hatten die anderen Kinder, die im Kreis um uns standen, in sein Lachen eingestimmt. – Aus Scham und Zorn hatte ich einem der jüngsten von ihnen, einem schmächtigen, kleinen Bub mit dicken Brillen, der nichts von allem begriffen, aber deswegen nur um so herzlicher mitgelacht hatte, eine kräftige Ohrfeige gegeben. Heulend war er davongelaufen, und Oslip hatte sich breitbeinig vor mir aufgestellt. – »Du rührst mir den . . . nicht noch einmal an!« hatte er geschrien, und im Takt zu seinen Worten hatte er mit beiden Fäusten auf mich eingeschlagen. Und wie um das Vergnügen an dieser Quälerei noch zu verlängern, hatte er immer wieder den Namen des Buben gesagt und mich dazu weitergeschlagen. Erst als ich heftig aus der Nase zu bluten begann, hatte er wieder aufgehört. »Er ist jetzt soweit!« hatte Oslip dann gesagt und war mit den anderen Kindern davongelaufen. – Ich versuchte mich an den Namen des Buben zu erinnern. Es war ein seltsamer Name gewesen, ein Doppel- oder Tiername. – Und dann fiel auch er mir wieder ein:

»Sie sind Kukmirn!« sagte ich ungläubig zu Lumiere.

»Ganz recht«, gab der Göd ruhig zurück. »Kuk-Mirn. Kuk-Mirn. – Der Kleine mit dem Vogelgesicht.« – Er ahmte einen Kuckucksruf nach, als er seinen früheren Namen sagte.

»Machen wir endlich weiter«, sagte er ungeduldig. – »Wollen Sie nun unsere Hilfe oder wollen Sie nicht?«

»Alles wegen einer Ohrfeige?« fragte ich zurück, ohne seine Frage zu beantworten. – »An Kindergeschichten nehmt ihr hier Maß?«

Lumiere schwieg.

»Ich will Ihre Hilfe nicht!« sagte ich.

»Halbwegs!« schrie meine Tante von der Tür herüber. – Ich schrak zusammen. Sie hatte den Namen gesagt.

Die Scheibtruhe

»Laß ihn!« fuhr der Göd die Tante an. – »Er wird es schon wissen!« Lumiere stand auf.

»Geh jetzt hinaus«, befahl er der Tante.

»Nimm an, Halbwegs! Ich bitte dich. – Mach' es um meinetwillen!« rief sie mir noch zu, als sie der Göd schon am Arm packte und durch die offene Türe schob. Er schloß sie wieder und stellte sich vor sie hin, so als wollte er damit verhindern, daß die Tante doch noch zurückkam.

»Du wirst doch annehmen. Du wirst doch annehmen«, sagte er dann fest, wie zu sich selbst. Er sah mich an, aber sein kurzsichtiger Blick schien nicht bis zu mir her zu reichen.

»Du hast die Wahl zwischen Rák, kleiner Diebstahl und mir.« – Ich wollte etwas sagen, aber er ließ es nicht zu. – »Du kannst dich entscheiden. – Solltest du mich wählen – um mit dem Unwahrscheinlichsten anzufangen –, so werde ich dir bei deiner Arbeit in Ingas Laden zur Hand gehen, so gut ich kann. Ich werde dich allerdings nicht auf deinen Botengängen begleiten, da ich ein verdorbenes Bein habe und mir der Arzt anstrengende Fußmärsche verboten hat. – Entscheidest du dich für kleiner Diebstahl, so kannst du damit rechnen, daß er dir auf deinen Ausfahrten Gesellschaft leistet und dann und wann die Scheibtruhe führt. Kleiner Diebstahl hat allerdings einen Nachteil: Er trinkt viel, und nichts kannst du im Augenblick weniger brauchen, als daß dich etwas von deiner Arbeit ablenkt. Auf dich warten Berge von Post, du wirst Augen machen!« warf der Göd ein. – »Bleibt also Rák. Wir alle halten es für das klügste, du nimmst ihn. Erstens ist er von einer durch nichts zu erschütternden Geduld, zum anderen gehört ihm ja jetzt deine Scheibtruhe (wir beiden anderen müßten sie erst von ihm ausborgen, und keiner leiht gern das Taufgeschenk her), also gäbe es auch in dieser Hinsicht keinerlei Schwierigkeiten. – Aber, wie schon gesagt: Es ist ganz allein deine Entscheidung. Triff sie jetzt, aber triff sie mit Umsicht!«

– Die Scheibtruhe! – »Ich will keine Hilfe!« rief ich noch schnell. Es war mir, als ob die Fenster zerbrächen und der Boden unter meinem Bett sich ein Stück senkte. – Ich hatte das schon einmal erlebt: Es war Mittag gewesen; nichts hatte sich geregt; kaum daß man den Wind spürte, der leise durch die flüsternden Blätter strich. Da hatte jemand seinen Fuß auf die Stelle gesetzt, an der man mich später begrub. Ein Schrei war mir aus der Brust gefahren, eine Ader in mir war geplatzt, und ein zweiter Schrei war gefolgt – aber der Fuß war schon längst wieder weg. –

Ich lag wie ohnmächtig da, die Hände nach außen gedreht. Das Tier in meinem Inneren bewegte sich raschelnd. – Der Wasenmeister fiel mir ein, und De Selby: Hoben sie jetzt schon den Spaten zum ersten Stich? – Warum hatte die Tante nichts von der Scheibtruhe gesagt? – Die Scheibtruhe. Das Taufgeschenk. Ich schrie. – Ich war der Tote.

Ich drehte mich auf den Bauch und vergrub mein Gesicht im Polster, die Augen offen. Lumiere packte mein Fußgelenk und versuchte mein Bein umzudrehen. – ›*Die Beine schiefgeweht*‹, fiel mir ein, ›*damit ich in eine noch tiefere Grube falle.*‹ – Etwas stieg in mir auf und fiel hin.

»Ich platze!« rief ich.

Lumiere trat näher und setzte sich zu mir an den Bettrand. Er packte mich jetzt an den Schultern und drehte mich auf den Rücken. – ›Die Sau auf die andere Seite drehen‹, dachte ich. – Der Göd fühlte meinen

Puls, bog meine Hände zurück, winkelte mir die starren Arme ab und streckte meine Finger, die ich wie zu Krallen verkrampft hatte.

Etwas Kaltes lief durch mich. Nur der Kopf lebte noch, und die Fersen. Ich versuchte mich zu bewegen. Tränen rannen mir über die Wangen. – ›Ein Toter hat sich gerührt‹, sagen die Schriften. – Von oben her, wie ein Arzt, der die Lippen spreizt, um durch die Zähne zu pfeifen, sah ich mich liegen.

»Ich platze«, sagte ich wieder. Dann schrie ich.

Die Tante stürzte ins Zimmer, über dem Arm ein paar Umschläge.

›Essig‹, dachte ich. Ich roch es. Zu spät.

»Hinaus!« schrie Lumiere.

»Essig«, sagte ich.

»Es ist gleich vorbei«, sagte der Göd und nahm meine Hand.

»Gleich«, wiederholte ich.

»Sei ruhig«, sagte die Tante.

»Ja«, sagte ich.

»Mußt du schon gehen?« fragte die Tante den Göd.

»Noch nicht«, sagte Lumiere leise.

»Nimmt er nicht an?«

»Ich glaube schon.«

»Nimmst du an?« fragte die Tante.

»Gleich«, sagte ich.

»Wen nimmst du?« fragte Lumiere.

»Ich nehme Rák«, sagte ich.

»Ist es jetzt besser?« fragte die Tante.

»Gleich«, wiederholte ich.

»Ich geh jetzt«, sagte der Göd und wandte sich zur Tür.

»Warum macht ihr das alles mit mir?« fragte ich.

»Sei ruhig«, sagte die Tante.

»Weißt du es wirklich nicht?« fragte Lumiere.

Ich schüttelte den Kopf.

»Sie müssen wissen, wer du bist«, sagte die Tante.

»Ich bin Halbwegs«, jammerte ich. »Ich bin Halbwegs.«

»Schlaf jetzt«, sagte die Tante.

»Gleich«, sagte ich und schlief ein.

Fünftes Kapitel

DIE ZWEITE AUSFAHRT

Den folgenden Tag verbrachte ich noch im Bett, den Tag danach schon in Ingas Laden, und zwar damit, die während der Zeit meiner Krankheit eingegangene Post zu ordnen.

Wie Lumiere prophezeit hatte, war die kleine Kammer schon fast bis obenhin voll von den vielen Postsäcken; nur die Werkbank und mein Arbeitsplatz davor waren noch frei, so daß ich mich wenigstens hier unbehindert bewegen konnte. Zwischen den Backen des Schraubstockes steckte unverändert der halbfertige Pfirsichkern – Inga hatte ihn in der Zwischenzeit offenbar nicht angerührt, und so hatte sich in den tieferen Kerben der Staub von mehr als einem Monat angesammelt. Mühsam mußte ich ein paar Säcke wegräumen, damit ich an den Haken hinlangte, an dem, frisch gewaschen, die Dienstmütze hing. Die Tante mußte sie irgendwann hierher zurückgebracht haben. – Ich wollte das angefangene Gesicht meines Onkels nicht sehen, und so faltete ich den ersten ausgeleerten Sack zusammen und legte ihn über den Schraubstock. Dann sortierte ich die Postwurfsendungen.

Inga kam am Vormittag einige Male herein, wohl um zu überprüfen, ob ich mit meiner Arbeit vorankam. Er bemerkte, daß ich seine Schnitzarbeit abgedeckt hatte, sagte aber nichts. Wahrscheinlich aus Verlegenheit redete er überhaupt kaum mit mir.

Am Nachmittag war ich dann allein. Inga hatte gleich zu Mittag das Geschäft zugesperrt und sich mit der Bemerkung, er wolle ein wenig Billard spielen, für den Rest des Tages verabschiedet. Ich war froh, daß er mich alleine ließ. Noch immer fühlte ich mich sehr schwach, und kurz nachdem er gegangen war, legte ich mich auf ein paar Säcken hin, um ein wenig zu schlafen. Rübe, die sich vor der Türe ausgestreckt hatte, weckte mich erst kurz vor fünf mit ihrem Winseln.

Spät in der Nacht – draußen war es schon längst finster – war ich dann fertig. Ich hatte die einzelnen Sendungen zu Stößen geschichtet, obenauf legte ich wieder jeweils einen von Ingas Werbeprospekten. Ein anderer Verkaufsslogan als das letzte Mal stand darauf: »Herzliche Grüße, kauft Inga's Gemüse!«

Ich sperrte die Geschäftstüre ab und machte mich mit dem Hund auf den Heimweg. Inga war noch immer nicht zurück, und so beschloß ich, den Schlüssel beim Wirt nebenan abzugeben, falls ich ihn nicht ohnehin dort antreffen würde. – Inga war da. Er drehte sich kurz um, als ich die Gaststätte betrat, und gab mir mit der Hand ein Zeichen, ich möge mich gedulden, bis er sein Spiel beendet hätte. Er war der letzte Gast im Lokal, und der Wirt, der in sich zusammengesunken, einen Arm über der hohen gepolsterten Lehne, in seinem geblümten Schlafrock in einer der Nischen saß, schien einzig darauf zu warten, daß Inga endlich ging. Er hielt die Augen geschlossen, und hätte er bei meinem Eintreten nicht den Kopf langsam zur Türe hingewandt, ich hätte geschworen, daß er tief und fest schlief.

Als Inga schließlich eine der Kugeln verfehlte, lehnte er den Queue an die Wand, klatschte, wie ich es schon beim ersten Mal gesehen hatte, in die Hände und nahm den Schlüssel, den ich ihm hinhielt, an sich.

»Schreib' die Zeche auf!« sagte er zum Wirt, der durch das Klatschen aufgeschreckt war und, als hätte man ihn bei etwas Verbotenem ertappt, rasch zwei, drei Tische abgewischt hatte. Dann holte er hinter der Bar eine Überdecke und warf diese mit Schwung über den großen Billardtisch. Einen Augenblick lang hing das Tuch, wie von den Rauchschwaden von Ingas Zigarren getragen, in der Luft, bauschte sich kurz auf und senkte sich dann auf die grüne Fläche des Tisches herunter. Inga half dem Wirt beim Zudecken, und während er die Deckenzipfel mit dem Gummizug über die Ecken des Tisches streifte, fragte er mich: »Bist du fertig geworden?«

Ich nickte.

»War für mich jemand da?« fragte er dann, während er sich aufrichtete. – Ich schüttelte den Kopf. – »Also dann, bis morgen!« rief er zum Abschied dem Wirt zu.

Wir traten gemeinsam ins Freie. Inga gab mir wortlos die Hand, die so mager war, daß man die einzelnen Sehnen spüren konnte. – »Ich muß jetzt ins Bett«, sagte er, wie entschuldigend, und holte den Bund heraus, um den Schlüssel, den ich ihm zurückgegeben hatte, zu den anderen zu stecken. Ich wünschte ihm noch eine gute Nacht, aber das hörte er schon nicht mehr. Die Tür war zu, der Schlüssel drehte sich im Schloß – es klang, als ob jemand im Schlaf leise mit seinen Zähnen knirschte.

Ich schlug die Richtung zum Dorf ein. Die Nacht war trocken und kalt, so daß sich die Haut spannte. Das Gras war hart. Es sträubte sich unter meinen Schritten und dem Tappen des Hundes, der leise, wie pfeifend, neben mir herlief. Die Häuser der Bieresch wirkten wie von einer Hand gegen die Hügel und in die Mulden gedrückt. – Dann aber stand ich schon vor dem Ballsaal, und das mächtige Gebäude ragte unerbittlich, dunkler noch als diese vom Mondlicht schwach erhellte Nacht, ohne einen Lichtschimmer in ihm und schweigend, so als wäre längst alles erledigt und als gäbe es nichts mehr zu sagen, in die Luft. – Ich ging, rasch atmend, hinein, tappte lautlos auf den Zehenspitzen durch den Gang, auf dessen Steinen Rübes Pfoten wie unregelmäßiger Regen aufschlugen.

Die Tante schlief. Die Türe zu ihrem Zimmer stand einen Spaltbreit offen. Als ich vorbeischlich, sah ich, wie sich die Frau in ihrem Bett auf die andere Seite drehte. Das Holz knarrte unter dieser langsamen Bewegung, und ich bildete mir ein, jede einzelne Feder des Betteinsatzes sich spannen und wieder zusammenziehen zu hören. Ich blieb stehen, so als erwartete ich, daß sie im Schlaf reden würde, aber alles blieb still. Leise, aber nicht leise genug, zog ich die Türe ihres Zimmers zu. Die Tante fuhr in die Höhe, sah mich entgeistert an, und so unvermittelt, als wären ihre Worte nur eine Weiterführung dessen, wovon sie gerade geträumt hatte, schrie sie mich an: »Halb drei! Daß du überhaupt noch heimkommst! – Warst du wieder im Wirtshaus?«

Sie ließ sich in den Polster zurückfallen. »Sie haben heute den Musikschrank geholt«, sagte sie, keuchend wie von einer schweren Anstrengung. – Ich wollte sie endlich fragen, warum sie mir nichts von der Scheibtruhe erzählt hatte, aber sie war schon wieder eingeschlafen.

Ich ging in mein Zimmer. – Nicht nur der Musikschrank war weg, auch meine Bücher waren verschwunden.

Rák

»Von all dem, was die Biereschek treiben, verstehe ich nichts«, sagte Rák am nächsten Vormittag zu mir, als ich die neu dazugekommene Post geordnet und die danach gebündelten Stöße draußen in die Scheibtruhe gelegt hatte. – Die Griffe des Fahrzeugs waren in der Zwischenzeit erneuert worden. Ein Künstler war hier am Werk gewesen, denn erst nach langem Suchen entdeckte ich die Klebestellen, an denen die Hände neu angeleimt worden waren – beinahe unsichtbar, entlang der Holzmaserung. Sie fühlten sich anders an als die früheren Hände. Die Daumen waren im Vergleich zu den anderen Fingern unverhältnismäßig dick, wie angeschwollen, so als wollte man damit verhindern, daß ich sie noch einmal abbrach.

»Schön haben Sie mir mein Taufgeschenk hergerichtet!« sagte der Göd gutmütig, und erst jetzt fiel mir auf, wovon Zerdahel erzählt hatte: Rák konnte kein ›sch‹ aussprechen, das ›sch‹ – losgelöst vom Satz – schien ihm wie Speichel davonzufliegen.

»Zwei Halbtage Arbeit hat das gekostet«, sagte der Göd.

Ich nahm die Scheibtruhe auf. Ein paar Schritte ging Rák neben mir her, ohne etwas zu sagen, als wäre ihm bewußt geworden, daß ich seinen Sprachfehler entdeckt hatte, dann erst fing er zu reden an.

»Von all dem, was die Biereschek treiben, verstehe ich nichts«, sagte er wieder. »Ich komme einfach nicht hinter den Sinn! – Auf den ersten Blick erscheint mir zwar immer alles irgendwie einleuchtend und auch bedeutsam, aber im selben Augenblick kommt es mir schamlos und hinterhältig zugleich vor. Alles ist wie ein Witz, der gutmütig anfängt, aber schlimm ausgehen wird.«

Rák drehte sich um, so als wollte er sich vergewissern, daß ihm niemand zuhörte. – Ich sagte nichts, sondern wartete ab.

»Ich glaube, daß der Grund dafür darin liegt«, sagte er nach einer Pause des Nachdenkens, »daß wir uns einerseits zurecht immer zu allem fähig halten – wir sind es! –, daß aber andererseits der Augenblick des Versagens immer dann kommt, wenn es auf alles angekommen wäre. – Die Gehirnohnmacht! Denken Sie an Und Umgekehrt!« rief er.

»Es ist der Augenblick, in dem sich unser Hirn gegen uns stellt und revoltiert – und da ist es am allerlebendigsten. Es ist, als müßten wir uns hin und wieder ausdrücklich beweisen, daß wir auch fähig sind zu versagen!« – Der Göd schritt jetzt weit vor mir aus. Er hatte die Hände auf seinem Rücken ineinandergelegt, und ich konnte beobachten, wie sich seine Finger beim Reden wie die Hämmerchen in einem Klavier abwechselnd hoben und senkten. – »Das Versagen«, fügte er hinzu, »ist die Zerstörung der Ordnung, die notwendig ist, daß wir Ordnung machen können. Denn das ergibt doch wenigstens einen kleinen Sinn. – Und das Ergebnis?« fragte er. »*Die ewige Wiederkehr des Neuen,* könnte man sagen. – Woher das wohl kommt?«

Er drehte sich zu mir um und sah mich fragend an. – Ich hatte ihm kaum zugehört, sondern versucht, die Fahrt der Scheibtruhe dem Rhythmus seiner Worte entsprechend zu beschleunigen oder zu bremsen. Es war jenes alte Spiel, und erst als ich bemerkte, daß er von mir eine Antwort erwartete, versuchte ich mich zu erinnern, was seine letzten Worte gewesen waren.

»Haben Sie etwas?« fragte der Göd besorgt. »Soll ich Ihnen die Scheibtruhe abnehmen?«

Ich schüttelte den Kopf, obwohl ich spürte, daß er seine Frage ernst meinte. – Rák blieb stehen.

»Mir können Sie ruhig vertrauen«, sagte er gedämpft. »Ich bin jetzt Ihr Göd. – Ich gehöre nicht zu den Bieresch, ich habe nie zu ihnen gehört. – Warum? Ich weiß es nicht. Vielleicht ist es Anna –« Er überlegte. »Aber es ist nicht nur das«, sagte er dann. »Ich bin ›másként‹, sagen wir, – irgendwie anders. Aber ich kann mich gut verstellen«, erklärte er. »Sie merken es gar nicht. Ich habe einfach gelernt, nicht aufzufallen. – Wissen Sie, wie ich immer sage?« fragte der Göd. – »Ich sage: ›Leg dich bloß nicht mit dem Unvermeidbaren an! Üb' dich lieber in das Vermeidbare ein, das ist weniger gefährlich.‹ – Verstehen Sie?«

Ich schüttelte den Kopf.

»Warten Sie«, unterbrach der Göd seine Ausführungen und winkte mir mit der Hand, »ich nehme Ihnen die Scheibtruhe ab. Es ist heiß heute. Mir macht das nichts aus – im Gegenteil! Ich könnte ohne diese Hitze gar nicht leben, und wenn ich noch dazu etwas in der Hand halte und beschäftigt bin, dann kann ich mich besser konzentrieren. – Und Sie können vielleicht besser zuhören, wenn Sie nicht auf den Weg zu achten brauchen. – Geben Sie her!«

»Nein, es geht schon«, sagte ich, obwohl ich froh gewesen wäre, wenn er es getan und ich mich, wenigstens für eine halbe Stunde, hätte umschauen können.

»Ganz wie Sie wünschen!« sagte Rák höflich und verneigte sich. Dann fuhr er wieder mit seiner Ansprache fort: »Das Unvermeidbare macht ohnehin, was es will. – Ins Vermeidbare dagegen kann man sich einfügen. Erst wenn man sich in das, was vielleicht vermeidbar gewesen wäre, immer wieder gänzlich einzufügen gelernt hat, erst wenn man in ihm sozusagen restlos verschwunden ist, wenn man es auswendig kann – erst dann darf man versuchsweise zu vermeiden anfangen. – Ein Beispiel –« Der Göd war ganz in seinem Element. »Ich liebe nichts mehr als Frauen mit makellosen Körpern und danach ein kunstsinnig zubereitetes Mahl.« Er schnalzte mit der Zunge. »Wie Sie sich selbst aber vielleicht haben überzeugen können, gibt es bei uns wenig vom einen und noch weniger vom anderen. – Aber vermeide ich es deshalb etwa zu essen? Nehme ich etwa deswegen keine Frau zu mir in mein Bett? Keine Spur. – Im Gegenteil: Geradezu mit Eifer – wenn auch freilich nicht mit Vergnügen – lasse ich mich von meiner Frau schwächen, und danach esse ich drauflos wie ein Drescher. Mit anderen Worten: Ich lasse dem Vermeidbaren seinen Willen, esse und schlafe schlecht. – Ich ahne zwar, daß anderes zu tun auch recht sein könnte, aber ich bin noch nicht weit genug, es wirklich zu tun. Also tu ich weiter das eine. – Schauen Sie: Ich bin jetzt sechsundvierzig Jahre alt. Ich habe vielleicht noch dreißig Jahre zu leben – wir sterben spät in dieser Gegend. Mein Vater wurde achtzig, mein Großvater fast neunzig. Soll ich also heute etwas vermeiden, heute, zu früh vielleicht, etwas vermeiden, das vielleicht getan werden müßte, weil es, weil *ich* zum Vermeiden noch lange nicht reif bin? – Soll ich ein Vermeidbares jetzt schon in ein anderes, dann aber jedenfalls Unvermeidbares und Unvermeidbar-Gewordenes umwandeln? Jetzt, wo ich noch nicht weiß? – Ich glaube nicht.«

Rák unterbrach sich, und so als wüßte er, daß es für mich nicht leicht war, ihm bei seinen Ausführungen zu folgen, während ich hinter ihm die Scheibtruhe herschob, machte er eine Pause, um mir Zeit zu lassen, das, was er gesagt hatte, noch einmal gründlich zu durchdenken.

»Sie haben doch meine Frau anläßlich Ihrer Begrüßung im Ballsaal gesehen?« fragte er dann. »Nun: Anna ist nicht, sie war nie meine Frau! In Wahrheit ist sie Naghy-Vágs Frau, und trotzdem ist sie meine, mir sozusagen durch das Los zugeworfene, am Würfeltisch zugefallene Frau. Naghy-Vág war gemeint, mich hat es getroffen. Pech, könnte man sagen«, sagte der Göd, schränkte dann allerdings sofort wieder ein: »Aber noch lange kein Grund für mich, mich zu verweigern. Nagh ist verrückt nach ihr, mich stößt sie ab. – Doppeltes Pech, aber mehr schon nicht. Die Leben von drei bestimmten Personen haben einander, um mit Inga zu reden, an einer falschen, vielleicht ganz unbestimmten Stelle gekreuzt, – zuungunsten der dran Beteiligten, wie es im Augenblick aussieht. Ein vermeidbares Unglück, das steht fest! – Und trotzdem: Weit und breit keiner, der es vermeidet. – Interessant!« sagte er nachdenklich.

»Nagh, Rák und Anna also. Nagh liebt Anna (ich habe es angedeutet), Anna Nagh.« Er warf mir einen Seitenblick zu. »Und jeden Vormittag«, sagte er, »jeden Vormittag um zehn kommt dieser Buckelochse auf seinem plärrenden Motorrad angebraust, steigt ab, lehnt sein Fahrzeug an meinen Schuppen, nimmt seine Hosenspangen herunter und steckt sie ein. Sie verstehen.« Er betonte jedes Wort einzeln. »Ich, Rák«, fuhr er fort, »sitze in meiner Küche, warte noch, hoffe schon, aber bezweifle es gleichzeitig auch: daß vielleicht wenigstens dieser Tag ohne die zwangsläufige, mich – ich gebe es zu – trotz allem irgendwie im Innersten erschütternde Vormittagsirritation vorbeigehen wird. – Ich warte also. Vielleicht täusche ich mich, denke ich, oder kommt er da tatsächlich schon?

Ja, er kommt. Ich höre es von weitem. Anna kocht Kohl. Sie hört nichts. Anna hört schlecht. Sie hört ihn erst viel später als ich. – Hätte der Heilige Alte mir doch wenigstens ihr schlechtes Gehör gegeben, und ihr anstatt dessen das meine!« unterbrach sich der Göd wieder.

»Weiter«, rief er. »Da ist er also. Da kommt er. Ich werde unruhig. Dieses tiefe Brummen, mit dem er uns schon aus fernster Ferne zuwinkt, sozusagen. – Ich möchte aufstehen. Ich bin bereit. So was hält doch kein Tier länger aus! – Ist es denn, frage ich mich, um Himmels willen überhaupt menschenmöglich, daß sie ihn noch immer nicht hört? Es ist. – Jetzt stehe ich auf. Sie schaut mich an (erstaunt!), also setze ich mich wieder hin. Das sind die Spielregeln: Ich darf erst hinaus, wenn *sie* es will. – Also: Anna kocht; Nagh braust unten durch die Kurve; die ganze Küche ist voll von seinem Lärm; ich wetze nervös auf meinem Stuhl hin und her. – Und jetzt – endlich! Jetzt hört auch sie es! – Sie sollten sich das einmal vergönnen!« rief der Göd. »Das ganze Haus muß zittern, bevor Anna es hört! Dann erst – aber auch jetzt noch immer so, als würde sich irgendwo, ganz weit weg, ein wenig verräterisch, ein unbestimmtes, harmloses kleines Brummen andeuten, dann erst legt sie also lauschend ihren Kopf zur Seite, dann erst blickt sie mich an. – Etwas in ihren Augen hat sich von Grund auf geändert. Ein entschiedener, selbstsicherer Glanz liegt in ihnen. – Sieht sie mich überhaupt noch? frage ich mich. Weile ich noch unter Lebenden? – Aber bevor ich mir diese Frage beantworten, bevor ich sie überhaupt noch zu Ende denken kann, wie aufgeschreckt aus einer Zerstreutheit und so, als wäre meiner Anna mit einem Mal etwas ganz Elementares, etwas elementar Lebenswichtiges eingefallen, sagt sie, mich drängend: ›Kannst du so lieb sein und mir drüben von Stitz etwas holen?‹ – Sie sagt ›etwas‹ holen, sie sagt nicht *was!* Sie nimmt ihre Schürze ab. Vor mir. – Ich nicke bloß. – Wie ein ertappter Dieb mache ich mich durch unsere Hintertüre davon. Dort stehe ich, warte darauf, daß alles vorüber geht.«

»›Aber warum warten Sie denn?‹ werden Sie mich jetzt vielleicht fragen«, warf der Göd ein. »Eine berechtigte Frage, und trotzdem – ich bitte Sie! – Soll etwa auch ich noch Theater spielen? Reicht das Theater da drinnen denn nicht aus? – Nein. Ich bleibe draußen und warte. Ich höre, wie die Eingangstüre aufgemacht wird. Ich stehe vor dem Hinterausgang. Nagh kommt herein, bleibt einen Augenblick lang mißtrauisch stehen. – ›Ist er weg?‹ fragt er. Er fragt leise, aber doch laut genug, daß Anna ihn verstehen kann, das heißt: Er schreit. – Natürlich bin ich weg. Er braucht bloß zu schauen. Bin ich etwa noch da? Nein. – Ich stehe heraußen. Es regnet, es hagelt, es friert Stein und Bein. Ich stehe heraußen und schwitze. Ich warte, Aug' und Ohr abwechselnd am Schlüsselloch. – ›Er ist ausgegangen‹, sagte Anna, ›du brauchst dir keine Sorgen zu machen!‹ – Guter Witz! Nagh ist dreimal so stark wie ich. – Aber wie geht's jetzt weiter? Also: Rák steht vor seiner eigenen Hintertür; Nagh setzt sich an Ráks Küchentisch. Anna, Ráks Frau, bringt Nagh einen Teller voll Kohl. Kohl ist Naghs Lieblingsessen. –

Den Rest bekommt Rák dann zu Mittag (er haßt Kohl!). – Egal. Anna stellt Nagh einen Teller Kohl hin. Nagh ißt. Sie setzt sich zu ihm an den Tisch, fährt ihm mit der Hand über den Oberarm (ich kann es durchs Schlüsselloch sehen). – Anna fragt Nagh: ›Schmeckt's dir?‹ – Natürlich schmeckt's ihm, aber Anna versteht nicht. – ›Schmeckt's dir?‹ fragt sie ihn noch einmal. Nagh grunzt. Anna hört das nicht (sie hört schlecht!), also fragt sie ihn zum dritten Mal. – ›Kann man hier denn nicht einmal in Ruhe essen?‹ schreit Nagh und haut den Löffel, *meinen* Löffel, auf den Tisch. Nagh ist wütend. Nagh hat genug. – ›Jetzt ist's bald soweit‹, denke ich. Gleich wird sie flennen. Sie tut's und ich weiß: Nagh kann Anna nicht weinen sehen. – ›Ich hab's doch nicht so gemeint!‹ wird er gleich sagen. Irgendwie macht mich das schadenfroh. – Jetzt sagt er's, aber es nützt nichts. So leicht beruhigt man Anna nicht! Sie weint weiter. – ›Na, komm schon!‹ sagt Nagh. – ›Jetzt kommt's gleich!‹ denke ich. Und dann: Man hört es schmatzen; es klingt, als ob sie sich Ohrfeigen gäben; dann schnaufen sie wieder. – ›Was zum Teufel treiben denn die beiden da drinnen?‹ möchte man fragen. ›Schieben sie Möbel?‹ – Aber dann: Bumm, bumm, bumm! Sie halten Takt wie beim Teppichklopfen. Ich halte mir heraußen die Ohren zu, aber es hilft nichts: Das Pumpern wird lauter. Es klingt, als ob ein ganzes Kavallerieregiment über sie hinwegritte. Der Löffel scheppert im Rhythmus dazu auf dem Küchentisch. Der Schemel fällt um. – Hört das denn überhaupt nicht mehr auf? – Doch. Jetzt. Noch einmal schlägt ihr Schädel auf dem Fensterbrett auf. Dann ist Ruhe. – Nagh steigt auf sein Motorrad. Anna hebt eilig alle Sachen auf und bringt die Küche notdürftig in Ordnung. Dann öffnet sie weit die Hintertür. Sie tut, als würde sie nach mir Ausschau halten, und ist ganz erstaunt, daß ich vor ihr stehe. – ›Was, du bist schon zurück?‹ fragt sie. – ›Wie heiß du bist!‹ Sie fährt mir mit der Hand über die Stirn. ›Bist du gelaufen?‹ – Ich gebe keine Antwort, zucke nur unter ihrer Berührung zusammen. Aber das läßt sie nicht gelten. Sie umarmt mich über die Stufen hinunter und zieht mich ins Haus. Und dann bin also ich dran.«

»Sie dürfen mich jetzt aber nicht falsch verstehen!« unterbrach der Göd seine Erzählung. »Ich beschwere mich nicht. – Auf meine Gefühle kommt es in dieser Sache gar nicht an, und ich nehme sie auch nicht im mindesten persönlich.«

»Es geht um mich ebensowenig wie um Nagh oder Anna«, erklärte er. »Nichts wäre für uns drei wahrscheinlich leichter, als diese fortgesetzten Demütigungen zu vermeiden. – Ich bin frei! Ich kann jederzeit gehen. Wann ich will. – Aber will ich es? Oder richtiger: *Darf* ich es wollen? Hätte denn nicht Naghy-Vág, der aus Heimweh nach Annas Körper vergeht, hätte er nicht lange vor mir und weit eher als ich, der bis in sein Innerstes kalt wird, wenn ich diese Frau in meinen Armen halte, hätte also nicht *er* vor mir das Vorrecht, solches zu wollen? Warum zieht er nicht einfach um und überläßt mir dafür seine Hütte? Doch wohl nicht etwa aus Bequemlichkeit? – *Nicht* aus Bequemlichkeit, glauben Sie mir! Das Gegenteil ist der

Fall, denn ich war seit jeher so, er aber hat sich von Grund auf verändern müssen. Er war früher in einem fort lustig und freundlich, heute ist er gewalttätig und gemein!«

Rák redete jetzt, ohne sich auch nur einmal zu mir umzudrehen. Wieder zuckten die am Rücken verschränkten Hände, und während er weiterredete, nickte er.

»Kein Zweifel«, sagte er. »Wir dürfen hungern, wenn uns die Speise nicht schmeckt! – Das wollte ich sagen. Aber dürfen wir es auch wirklich? *Müssen* wir nicht essen, solange irgend etwas Eßbares da ist? *Dürfen* wir vermeiden, solange wir uns nicht endgültig in alle denkbaren Möglichkeiten von Vermeidbarem einzufügen gelernt haben? – Wir dürfen zwar, aber wir sollen nicht. – Glauben Sie mir: Manchmal träume ich (angstträume ich, sage ich Ihnen), da träume ich also von Genüssen, die frei und vertrauenswürdig wären. Ich bin liederlich und leichtfertig in diesen Träumen, und aus Übermut springe ich oft gar aus dem Fenster, bloß um dieses Freie zu suchen! – Und dann fällt mir Anna ein: meine schwerhörige, schwerfällige Anna. Und gleich kehre ich wieder um, zurück an diesen eckigen Küchentisch. Von mir selbst hierher geprügelt, damit ich weiterhin Schlechtes esse, damit ich weiterhin Anna befriedige, diese Anna, die zwar nicht schlecht, mir aber körperlich widerwärtig ist. Und so lebe ich weiter das Leben eines doppelt zu Unrecht Benützten.«

Der Göd machte wieder eine Pause. Er drehte sich jetzt zu mir um und sah mich an.

»Würde ich hungern«, sagte er, »ich täte es, ohne daß darüber auch nur ein Wort zu verlieren wäre. Denn Hunger bedeutet für mich nicht mehr als zu verzichten auf schlechten, den Leib blähenden Beischlaf und verzichten auf die darauffolgende Bestrafung durch ekelhaften, den Leib auftreibenden Kohl. Und trotzdem! – Zumindest manchmal, wenn ich von alledem schon bis ins Knochenmark hinein aufgerieben bin, dann denke ich: Vielleicht besteht dieses abscheuliche Angebot von Speisekarten und Körpern tatsächlich unberechtigterweise? Habe ich mich denn nicht wahrlich lange genug in das Vermeidbare eingefügt? Heißt es bisweilen nicht auch, daß Vermeidbares, auf einmal, sozusagen aus Müdigkeit des ständigen Ungenützt-Werdens, ganz unbemerkt, zum bereits Unvermeidbar-Werdenden überläuft? – Sagen Sie, gibt es das?« rief er. »Und wenn tatsächlich – bedeutet das dann nicht etwa, daß all das Seltsame und Wunderbare, von dessen Vorhandensein man sich angeblich so oft hinter vorgehaltener Hand erzählt und von dem man behauptet, daß man an ihm sich aufrichten könne, daß alles das also sozusagen vor meinen Augen und mit meiner höchstpersönlichen Billigung ungesehen dahinwelkt? – Der Gedanke ist grauenvoll. – Hören Sie: Ich habe mir sagen lassen, es gäbe in Südamerika Flüsse, die nur sechs Tage die Woche fließen. Es gibt, wie man nachlesen kann, steinerne Flüsse, in denen an Stelle des Wassers mit Getöse riesige Felsbrocken sich wälzen – vorbei an Sandbächen, die drei Tage lang gegen Süden fließen und drei Tage lang gegen Norden und am letzten Tag stillestehen, weil die Richtung nicht feststeht und weil sie sich nicht für eine falsche entscheiden wollen. – An einem solchen siebenten, falschen Tag bin ich geboren – und Sie, und die anderen, die hier leben, auch! – Wir sagen, daß Gott die Welt an einem Schalttag erschaffen hat, und das ist wahr!«

Rák unterbrach sich und kam mit ein paar schnellen Schritten zu mir, indem er hintereinander immer wieder mit dem rechten Bein das linke überkreuzte und dieses dann nachzog. – »Ich bin Krebsgänger«, sagte er lachend.

»Hören Sie zu: Ich habe einmal geträumt, mein Haus läge am Fuße eines unendlich über mir hinauf sich auftürmenden Gebirges. Anthrazitene Felswände stürzten wie Wasserfälle vor meinem Hintereingang herab, und war ich im Haus, so hörte ich sie wie rasend dahertosen. Aber immer, so schien es mir, wenn ich von meinem Tisch aufstand, um die Türe aufzustoßen, kamen sie – für eine Ewigkeit tiefsten, in sich versunkenen Schweigens – zum Stillstand, und es bewegte sich nichts. Beugte ich mich aber wieder zurück über den Tisch und meine Arbeit oder drehte ich auch nur meinen Kopf nach vorn, so bewegten sich diese Felsen sofort wieder, und in ihrer Tiefe brodelte es von sich überschlagenden Steinen. – Einmal, in einem solchen Augenblick, nahm ich mich endlich zusammen und trat vor mein Haus. Aber kaum war ich im Freien, da spürte ich schon, wie sich – in einem alle meine Glieder erfassenden Ziehen – die Felsen unwiderruflich meines Körpers zu bemächtigen anfingen, wie sie ihn bearbeiteten, daß er bleibe, wie Faser um

Faser langsam versteinte und meine Bewegungen träger und träger wurden. Und je länger ich draußen blieb, desto stärker, entsetzlicher und abgründiger wurden die Angst und gleichzeitig die Lust, doch endlich wirklich zu jenem Stein zu werden, der ich, wie ich wußte, ohnehin längst schon war. – Ein unmöglicher Ton (er klang wie die Verzweiflung einer Säge, die auf ihrem Weg durch festes Holz überraschend auf einem eingewachsenen Stein auffährt«, unterbrach sich der Göd), »ein solcher unmöglicher Ton erklang jedesmal, wenn ich im letzten, dem allerglücklichsten aller Momente zurück in das Haus springen konnte, wo sich die befreiten Knochen dann langsam wieder zu strecken anfingen und das Blut gleichmäßig durch meinen Körper zu strömen begann. – Ich wachte aus diesem Traum mit einem Krampf im linken Bein auf, schwer wie an Land gespült, schlief aber bald wieder ein. Sofort fing alles Glück und Unglück wieder von vorne an.«

Rák blieb in Gedanken stehen und schaute zum Himmel.

»Da!« rief er und wies mit dem Finger auf eine Schar Schwalben, die durch die Luft wie durch etwas Bodenloses kreuzten. – »Ich habe De Selby einmal von diesem Traum erzählt. De Selby hat so etwas verführerisch Vertrauenerweckendes an sich«, unterbrach er sich wieder. »Er hatte auch tatsächlich sofort eine seiner verrückten Erklärungen zur Hand. Er sagte, er hätte einmal gelesen, daß sich Menschen auf Grund osmotischen Drucks und atomaren Austausches durch die ständige Benützung ein und desselben Gegenstandes allmählich in diesen verwandeln und daß umgekehrt diese Gegenstände langsam zu ihrem Benützer würden. – ›Ein Incubus-Succubus, wie er im Buche steht, findet dabei statt‹, sagte er. – Ein Radfahrer, zum Beispiel, erklärte mir der Mesner damals, könne sich auf diese Weise – von ihm selbst unbemerkt – in ein Fahrrad verwandeln und sein Fahrrad sich in ihn. Auf den ersten Blick habe sich scheinbar gar nichts verändert, alles in allem aber doch sehr viel, denn die Seele sei träger und bleibe von diesem Austausch unberührt, das heißt, von nun an sei das Fahrrad beseelt. Also keine Metempsychose, sondern bloße Transsubstantiation! – Mein Traum, führte De Selby damals aus, warne mich vor der unmäßigen Benützung bestimmter Gegenstände – welcher, das müßte ich selbst am besten wissen.«

»Ich lachte zuerst natürlich genauso wie Sie, dann aber packte mich ein heiliger Schrecken: Meine Anna fiel mir ein!« Der Göd unterbrach sich. – »Das war das erste Mal, daß ich ernsthaft daran dachte, mich von dieser Frau für immer zu trennen. – Ich habe seither nie wieder etwas Ähnliches geträumt, und obwohl ich glaube, daß dieser Traum heute nicht mehr gilt, stehen dennoch manchmal schwarz und unbeugsam seine Felsstürze vor meinen Augen, erbarmungslos wie eine Zukunft, um die ich mich nur vorläufig betrogen habe. Egal«, sagte Rák wieder. »Alles ist möglich. – Ich habe gelesen, daß es vorkommen soll, daß sich Menschen zuweilen in Hunde verwandeln. Und die Hunde – diese großen mageren, gelben Hunde!« rief er, »*diese Hunde, die nichts davon wissen!* – sie verwandeln sich in Stöcke, wie man sie Hunden vorauswirft, damit diese sie im Fluge aufschnappen. Aber kaum sind sie aufgeschnappt, da werden die Stöcke zu Vögeln, die sich aus den Mäulern von Hunden winden. – Haben Sie früher diesen Vogelflug beobachtet? – Dieses Zick-Zack? Das schnelle Hin und Her?« fragte Rák aufgeregt. – »Da! Schauen Sie sich die Naht an Ihrer Posthose an! Da ist es!« rief er.

Ich sah ihn traurig an. – Er kam mir so verloren vor wie der Mesner.

»So bin ich«, fuhr der Göd resigniert fort. »Die Wirklichkeit geht mit mir durch. Zerdahel behauptet immer, ich sei der tollgewordene Realenzyklopädist.« Er schüttelte den Kopf. »Zerdahel hat recht. – Ich bin –« Er blieb einen Augenblick lang stehen. »Ich bin im Besitz einer einzigartigen Enzyklopädie von Mutterseite her. An ihr richte ich mich auf. Sie heißt: ›Bibliothek des schönen Wissens und der Unterhaltung‹. Darin findet man alles! – Ich bin Ihr Göd«, rief er, jetzt wieder voll Begeisterung. »Ich werde sie Ihnen vermachen! – Sie werden diese Bücher studieren, so wie ich sie studiert habe. Vieles davon werden Sie überhaupt nicht glauben können. – Aber ich versichere Ihnen, in dieser Enzyklopädie steht alles, einfach alles, was wir als Vergleich zu unserem Leben so nötig haben. – Es soll, zum Beispiel, früher einmal Kinder gegeben haben, die oben tot waren und unten lebten und dauernd mit ihren kleinen roten Beinchen strampelten. Es hat Riesenfrauen gegeben, mit ausgebrannten rechten Brüsten und milchblutenden linken, mit kurzen Haaren und winzigen Gliedmaßen in Männerschuhwerk. – Ein Verzeichnis von heute noch auffindbaren, damals aber schon als veraltet vorstellbar gewesenen Dingen und Einrichtungen finden Sie darin: Einbeinige, Sonnenfinsternisse, den in der Nacht unbeleuchteten Luftraum über uns, den Regenschirm, mechanische Waschrumpeln, den Brückenkreuzer, Frauen, die einen Kinderwagen schieben! – Ein neues Sternbild tauchte zur Zeit der Niederschrift dieser Enzyklopädie am nördlichen Sternenhimmel auf, De Selbys Sternbild: Der Radfahrer! – Unglaublich Wissenswertes und ganz und gar Unglaubliches findet man in diesen Berichten. – Ich habe von Wahrnehmungen über die Luggnags darin gelesen. – Wissen Sie überhaupt, was Luggnags sind?«

Rák sah mich fragend an.

Ich schüttelte den Kopf.

»Die Luggnags und die Struldbrugs! Die Hoyhnhms und Yahoos. – Es gibt so unendlich viele Dinge auf dieser Welt, von denen der Bieresch noch nicht einmal eine Ahnung hat. – Über Japan zum Beispiel, wird uns berichtet, schwebe seit Jahrhunderten ein im wahrsten Sinne des Wortes verhängnisvolles Unheil: die magnetische Insel. Ein grausamer König herrscht über sie. Er kennt die Geheimnisse des Magnetismus, die Rätsel der raschen Verschiebungen in den Magnetfeldern, die Veränderungen magnetischer Intensität, das plötzliche Sich-Umwerfen der Pole, den überraschenden Wechsel des Verlaufes von Magnetströmungen unter der Erdkruste, bis in die kleinsten, unscheinbarsten Einzelheiten hinein. Dieser König ist ein Unhold, der eine sehr schöne Sängerin zur Geliebten hat, und einmal im Jahr, während der großen Revolution, wird er zum Tod durch das Schwert verurteilt. Stirbt er dann, so singt seine Geliebte am schönsten, aber so betörend ihr Lied auch ist, so wenig hilft es, denn der König muß sterben. – Oder etwas anderes: Die Geschichte vom braven Mann und seinem Mißgeschick. Auch er war ein Liebhaber der hohen Kunst des Gesangs! Weil die Schwäne so wunderbar singen, wenn der Tod sie berührt, stieg er des Nachts immer heimlich in fremde Teiche zum Schwäneerwürgen. – Mein Gott, ich sage Ihnen: Das sind die wahren Geheimnisse! Auf sie hab' ich Lust!«

Der Göd blieb stehen. Sein Oberkörper schwankte hin und her. Er fuhr sich mit der Hand durch das Haar. Dann beugte er sich weit vor, so als suchte er etwas auf dem Boden. Schließlich hob er ein kleines, leichtes, poröses Steinchen auf und gab es mir.

»Tuff«, sagte er. »Vulkanischer Boden. Alter? Schätzungsweise zehn Millionen Jahre. Wie kommt das hierher? – Das tortonische Meer ging einmal bis zu uns herauf. Da gab es Bartenwale, Höckerschweine, Lippenschildkröten. – Noch nie war ich am Meer!« sagte er traurig.

»So nah ist alles, aber so versteckt. Der Knochen ist da, der Hund weiß es, aber er findet ihn nicht!« sagte er und klopfte mit seinem Fuß auf den Boden. – »Auf was ich nicht alles Lust hätte!« rief er aus. – »Aber wer stillt meinen Hunger? – Die Biereschek etwa? Die Apostel der ewigen Wiederkehr? – Die Biereschek nicht! – Ich habe Heimweh, das ist es. Aber die Heimat hat sich versteckt. – Du kommst heim, klopfst an – niemand zu Hause! Alle sind ausgeflogen. So geht das.«

Wieder machte der Göd eine Pause.

»Wissen Sie, was die Biereschek sind?« fragte er. »Igel. Insektenfressende Säugetiere. – Igel, die nachts um fremde Häuser streichen, milch- und mondsüchtige Saugnäpfe, die von nichts etwas wissen wollen als von sich selber, die sich zusammenrollen, kleinmachen, in sich selber verschwinden, wenn man ihnen mit der Taschenlampe ins Gesicht bläst. – Kaum kommt was Fremdes daher, schon zeigen sie Stachel. Kaum knackt was im Unterholz in ihrer Nähe, schon rücken sie furchtsam zusammen, die kleinen, rosagrauen Schnauzen zitternd in der Luft. – ›Schnupperst du was?‹ fragt der eine Nachbar den andern. ›Ich weiß nicht‹ – und schon trollen sie sich oder igeln sich ein. – Das klingt natürlich überheblich, aber es ist so«, sagte der Göd. – »Manchmal hätte ich größte Lust, eine mittlere Straßenwalze zu nehmen und ordentlich darüberzuwalzen!«

Er verstummte.

Wir waren beim ersten Haus angekommen, und ich stellte die Scheibtruhe ab, um einen Stoß Post herauszunehmen. Es war sein, es war Ráks eigenes Haus. Er schien es gar nicht bemerkt zu haben. – »Ich muß Sie heute noch mit jemandem bekannt machen, der kein

Igel ist«, rief er mir nach, als ich den kleinen Hügel emporstieg. »Sie werden Augen machen!«

Dann stand ich aber schon vor seiner Tür und klopfte an. Ráks Frau machte auf. Sie war allein. Für Naghy-Vág war es offenbar noch zu früh. Sie nahm mir wortlos die Post aus der Hand und winkte Rák zu, der unten stehen geblieben war und zurückwinkte.

Sechstes Kapitel

DIE ZWEITE AUSFAHRT, FORTGESETZT

KAUM HATTE ICH DIE POST AN RÁKS FRAU ÜBERGEben, da hatte sie ihm noch einmal, und diesmal mit einer bestimmten, keinen Widerspruch duldenden Handbewegung zugewunken, und der Göd hatte diesem Zeichen – wie dem Ruf einer Mutter – auf der Stelle gefolgt. Noch vor ihr und unter ihrem Arm hindurch, wie einer, der Ursache hat, die bevorstehende Strafe zu fürchten, war er ins Haus geschlüpft, und entschlossen hatte sie die Türe hinter ihm zugezogen.

Was für Macht diese Frau über ihn hatte!

Ich wartete noch eine Zeitlang, in der Hoffnung, daß er doch wieder herauskäme, denn neben De Selby war Rák der einzige, den ich irgendwie mochte. In der kurzen Zeit, die wir auf dem Weg von Ingas Laden zu seinem Haus beisammen gewesen waren, hatte ich ihn lieber gewonnen als den Mesner, der sich, vielleicht ohne es selbst zu wissen, schon vor langem aufgegeben zu haben schien. – Ich wartete also, aber der Göd kam nicht. Die Türe, einmal geschlossen, blieb zu, und wahrscheinlich saß er jetzt schon, die Hände vor Aufregung über dem Küchentisch fliegend, auf seinem Schemel und horchte dem Brummen von Naghy-Vágs Motorrad entgegen.

Ich wandte mich um und setzte meinen Weg alleine fort, die Scheibtruhe vor mir wie einen Pflug, dessen Schar, falsch eingestellt, über den schlecht geschotterten Weg schliff, der sich an manchen Stellen übergangslos zu einem steinigen, in der Hitze krachenden

Acker erweiterte. – Die Zeit schien stillzustehen. Leise knirschte ich mit den Zähnen. Immer wieder fing alles von vorne an, immer wieder schob ich mein Fuhrwerk auf dieser selben Strecke, die man jedesmal eigens für mich wie einen breiten, schmutzigbraunen Plastikstreifen, den man da und dort mit Steinen beschwert hatte, zwischen den niedrigen Hügeln hindurch verlegt zu haben schien. – Wie zernagt fühlte ich mich vom Kratzen des Rades, wie zwischen Mahlsteinen zerrieben, als ich wieder den Weg dorfauswärts zur Behausung des Wasenmeisters nahm.

Vom Rand der Mulde aus, wo ich schon einmal gestanden war und hinabgestarrt hatte, sah ich gleich, daß niemand zu Hause war. Die langstieligen, verstaubten Brennesseln, die wie Haare wild über die Böschung hinunterhingen, schwankten träge, wie schweigend, auf und ab. Ein großes, verrostetes Vorhängeschloß versperrte die Tür. – Hier hatte ich meinen Hund bekommen, und von heroben sah diese Bude wirklich einer Hundehütte ähnlich oder – noch richtiger – einem Abort, hinter dem man den Müll zu einem in der Sonne böse glitzernden Abfallhaufen aufgeschüttet hatte. Über den Hang, der steil zur Hütte hin abfiel, lagen verstreut leere, aufgeplatzte Konservendosen zwischen den Brennesseln und der wild wachsenden Pfefferminze, aus der man hier einen süßen, stark riechenden Tee zubereitet. – Süßlich war auch der Gestank, der aus der Mulde zu mir heraufströmte, und überall blitzte es giftig von den dunkelgrünen Hälsen zerbrochener Bierflaschen.

Irgendwo in der Ferne schlug eine Kreissäge an. Es war ein hoher, sehnsüchtiger, wie von einem Hund gewinselter Ton, der sich in der Luft krümmte, wenn die Säge in das harte Holz schnitt, das ihr eilig zugereicht wurde, und sich wieder zu strecken schien, wenn ein Stamm zerschnitten war und der nächste erst herangeschafft werden mußte. – Ich lauschte dieser Musik nach, aber je weiter ich mich ihr nachbeugte, desto weiter schien sie sich von mir zu entfernen – als trüge jemand die Säge vor meinen neugierigen Ohren davon.

Dann hörte ich, aus großer Entfernung, den einmaligen Schlag einer Axt, und, als wäre dies das vereinbarte Zeichen, heulte in meinem Rücken plötzlich die Dorfsirene auf. – Der Mittagszug! Er hatte De Selbys Hund überfahren. Er hatte mich gebracht und, nach mir, Tag für Tag die Post für mich, die Inga am jeweils folgenden Morgen mit seinem Pritschenwagen vom Bahnhof abgeholt hatte.

Ich dachte an den zweiten Abend in Zick, an dem ich mit De Selby bis in die Nacht dort unten beim Wasenmeister gesessen war, vor uns auf dem Tisch der tote Hund und über ihm, zusammengesunken, der Mesner, der geweint hatte und am liebsten selbst gestorben wäre, als Jel Idézö von den Bestattungsweisen der Bieresch erzählt hatte. »A halál kutyái ugatnak ki belöle«, hatte der Wasenmeister gesagt. Das heißt: »Die Hunde des Todes bellen aus ihm.« Stirbt ein Mensch, so hatte der Wasenmeister weiter ausgeführt, so meldet der Hund. Er erhebt als ehemaliger Besitzer der Seele als erster Anspruch auf diese, und manchmal würden die Seelen der Verstorbenen schon bald nach dem Begräbnis die Körper von Hunden beseelen – weshalb Hunde in dieser Gegend auch als heilige Tiere angesehen würden.

Etwas Ähnliches hatte Rák früher angedeutet. – »Hunde«, hatte ich in meinem »Hausbuch« gelesen, »werden von vielen Völkern als Überbringer der Unsterblichkeit angesehen.« – ›Sie kehren zum Erbrochenen zurück‹, hatte Lumiere gesagt.

Den Blick zu Boden gerichtet, krümmte ich mich über meiner Scheibtruhe.

Im ›Grünen Kranz‹

Rák hatte mir geraten, den Rückweg abzukürzen und querfeldein, über den ›Grünen Kranz‹, ins Dorf zurückzukehren.

Als ich beim Wirtshaus ankam, stand die Eingangstüre offen, aber sowohl die kleine Gaststube als auch die dahinterliegende Küche waren leer. – Ich legte die Post auf einem der Tische ab und sah mich um. Ein schwerer Geruch von Tabak lag im Gastzimmer. Es roch nach altem Bier, nach den jahrhundertelangen Hoffnungen, den immer wieder neu geschmiedeten und wie mit den umstürzenden Weingläsern umgestürzten Plänen der Bieresch, und es war, als wären sie da, wären bloß für einen Augenblick hinausgehuscht, als rauschten noch die losen Enden der abgerissenen Sätze wie Glockenseile durch das Schweigen der Gaststube, um sich nach dieser kurzen Unterbrechung gleich wieder ihrem alten Gegenstand zuzuwenden, um endlich den vielleicht allerletzten, alles erklärenden und alle erlösenden Satz einzuläuten.

Ich wandte mich ab. – Auf einem der beiden Fensterbretter, zwischen den geschlossenen Flügeln, lag, zusammengefaltet, eine alte Zeitung. »Die Bahn fährt immer!« stand in großen Lettern darauf. Ich las den Satz noch einmal und sagte ihn dann laut. – Das war die Antwort. Ich kicherte.

Hier war ich während meines ersten Aufenthaltes oft gestanden und hatte auf Maria, meine Freundin, gewartet. Damals war das hier allerdings noch keine Gaststube gewesen, sondern eine winzige Wohnküche, aus der es in das niedrige elterliche Schlafzimmer gegangen war, in das Maria bald nach dem Tod ihrer Mutter eingezogen war, während sich ihr Vater im Neubau, in dem jetzt auch die Gasthausküche und der ehemalige Kinosaal untergebracht waren, ein eigenes Zimmer eingerichtet hatte.

Der letzte Abend vor meiner Abfahrt fiel mir ein. – Wir waren, wie gewürgt vom Zorn über diesen sinnlosen Abschied, in der Dämmerung hinter dem Haus gestanden und hatten einander mißtrauisch belauert, beide scheinbar nur darauf aus, den anderen so schnell und so unwiderruflich wie möglich zu verletzen. Die Luft war von den kurzen Schauern des vergangenen Tages wie mit einem Finger angefeuchtet und voll von unbestimmbaren Geräuschen gewesen: einer Art Schnaufen oder leisem, schnarchendem Stöhnen der Gegenstände, die sich alle gleichsam im Fieber in ihren Betten aufgesetzt zu haben schienen – »már menöfélben van.«

Aus jedem Winkel wehte uns ein Seufzen entgegen; mit Tieraugen blickte uns alles an – das Scheunentor stand offen wie eine zu einer Ohrfeige ausholende Hand. In wortlosem Zweikampf starrten wir einander feindselig an, stumm vor Wut, die Zähne gebleckt. – Zweimal hatte Maria grundlos böse aufgelacht, und ich hatte sie mit drohenden Gesten bedrängt, voll Heimtücke und Mordlust. Dann wieder waren wir, die Hände wie zur Sicherheit im Rücken oder in den Hosentaschen zu Fäusten geballt, aufeinander losgehend und einredend, ziellos im Hof auf und ab marschiert, waren stehengeblieben und hatten bloß mit abweisenden Blicken Antwort gegeben, jeder mit seinem in ihm verschlossenen Abgrund.

Um höher zu stehen als ich, hatte Maria dann ihre Wanderung vor dem Kinoeingang unterbrochen und hatte sich auf die unterste Stufe gestellt, die zur Türe hinaufführte. Dann war sie noch eine Stufe höher gestiegen und dabei mit ihren glatten Schuhsohlen abgerutscht. Ich hatte erschrocken hinlangen wollen, um sie zu halten oder aufzufangen, aber sie hatte zornig meine Hand zurückgestoßen.

Zum ersten Mal hatte ich damals, in dieser Ausweglosigkeit, das Gefühl gehabt, in etwas verstrickt zu sein, das mir in allem um vieles überlegen war. Ich empfand Todesangst, die Arme hingen schlaff, mit Drahtschlingen an den Schultern aufgehängt, herab, der Kopf stand lächerlich schief, wie der eines Vogels, von meinem Körper ab, das Herz war zu einem Knoten zusammengedreht, und um mir Abhilfe zu schaffen, um mein Gewicht von mir abzuschütteln, hatte ich mit meinen Händen ruckartige, zuckende Bewegungen zu vollführen begonnen. Fassungslos hatte Maria mir dabei eine Zeitlang zugesehen; dann hatte sie die Hände vor ihr Gesicht geschlagen und war weinend vor mir davongerannt.

Am nächsten Tag war ich noch einmal hingegangen, aber das Haus war leer gewesen wie heute. Jeden Augenblick, so hatte ich, innerlich noch immer wie von zwei Messern der Länge nach zerschnitten und zerteilt, gefürchtet, mochte sich aus einem der Fenster des Hauses der weiße Kopf des Vaters meiner Freundin beugen, um mich zu beschimpfen und ein für allemal von seinem Grund und Boden zu vertreiben. Ich war vor dem Haus gestanden und hatte gewartet, wie gestern einen Knoten im Herz, mit vor Angst hüpfenden Vogelaugen und dem Gefühl, mir wüchse aus meinem Gesicht ein Truthahnschnabel. Aber nichts war geschehen, und, wenn möglich, noch unglücklicher, war ich wieder umgekehrt.

Am Bahnhof, kurz vor meiner Abfahrt, hatte ich Maria dann doch noch einmal gesehen. Sie hatte sich, halb auf dem Sattel sitzend, die Hände vor sich auf der Lenkstange, mit einer Frau aus dem Dorf unterhalten, und im Takt zu ihrer Unterhaltung war sie auf ihrem Fahrrad jeweils ein Stückchen vor und zurück gerollt. Wenn sie das Rad vorgeschoben hatte, war sie ein wenig in die Knie gegangen, wenn sie es zu sich hingezogen hatte, hatte sie ihr Bein durchgestreckt. – Es war eine kleine, schwingende Bewegung gewesen, wie die eines schaukelnden Bootes, und meine Hände hatten sich bei diesem Anblick fest um die Koffergriffe gekrampft, so als erwarteten sie von ihnen Halt.

Ohne meine Tante um Erlaubnis zu fragen, hatte ich das Reisegepäck neben mir niedergestellt und war zu Maria hinübergelaufen, um mich von ihr zu verabschieden. Sie war blaß geworden, als sie mich kommen sah, hatte sich aber, wie ohnmächtig, nicht gerührt, sondern widerstandslos geschehen lassen, daß ich mich auf die Zehenspitzen stellte, um sie auf den Mund zu küssen. Dann war ich, ohne ein Wort gesagt zu haben, zu meiner Tante zurückgerannt. – Eine leichte, fliegende Angst war bei diesen paar Schritten, die ich ungeschickt dahinstolperte, in mir aufgekommen, aber als ich dann wieder neben meiner Tante stand und sie mich, kopfschüttelnd wegen meines Benehmens, schalt, empfand ich plötzlich das wunderbare Gefühl eines Sieges, den ich für alle Zeiten errungen hatte.

Der Abschied hatte mich so sehr aufgeregt, daß ich auf der Rückfahrt von Zick nach Wien in einem fort, die Schläfe gegen das kühle Glas des Zugfensters gepreßt, hinausgestarrt hatte – zurück zum Bahnhof, wo vielleicht jetzt noch, bis in ihr Innerstes hinein zitternd, meine Freundin bei ihrem Fahrrad stand, die Zunge reglos an der Stelle, auf die ich sie gerade geküßt hatte.

Um ein Uhr früh war ich, frierend vor Müdigkeit und doch überwach von dieser Aufregung, in Wien in den Zug umgestiegen, der mich nach Hause bringen sollte. Ich war allein im Waggon gewesen und hatte mich in einen Winkel an eines der Fenster gekauert, hatte weiterhin zurückgeschaut, hatte immer wieder versucht, mir Marias Gesicht ins Gedächtnis zurückzurufen, und mir vorgestellt, daß sie hören konnte, was ich in Gedanken zu ihr sagte, wenn mir der Versuch gelang.

An der ersten Station hinter Wien war dann ein Mann zugestiegen und hatte, kaum daß er saß, seine Jause ausgepackt und zu essen begonnen. Immer abwechselnd hörte ich einmal das Rascheln des Butterbrotpapiers, dann das rasche, an mir selbst nagende Geräusch seiner Zähne, mit denen er ein Radieschen um das andere zuerst zerteilte, dann zermahlte. – Ich hatte mir für die Fahrt vorgenommen, nicht einzuschlafen, aber diese wie weltabgewandte Selbstverständlichkeit, mit der sich der Mann, der von meiner Anwesenheit wahrscheinlich gar nichts wußte, mit seinem Essen beschäftigte, hatte etwas Beruhigendes, und ohne es zu bemerken, glitt ich aus meiner Überwachheit in den Schlaf.

Erst als der Zug im Hauptbahnhof meiner Heimatstadt eingefahren war, war ich wieder aufgewacht, hatte, wie noch im Traum, meine Koffer aus dem Gepäcknetz gehoben und mich fröstelnd auf den Heimweg gemacht. Der Morgen hatte schon gegraut, aber die Straßenlampen waren noch nicht ausgeschaltet gewesen, und so hatte der leere Bahnhofsvorplatz gespenstisch wie ein hell beleuchteter, zugefrorener Teich ausgesehen.

Noch einmal sah ich mich in der kleinen Gaststube um. Wieder fiel mein Blick auf das Zeitungsinserat zwischen den Flügeln des Fensters. »Die Bahn fährt immer«, sagte ich kopfnickend. – Meine Freundin, so hatte ich von meiner Tante erfahren, lebte seit dem Tod ihres Vaters vor über zwei Jahren mit einem Vetter zweiten Grades zusammen, der als Stellvertreter des Toten aus einem Dorf im Süden nach Zick gekommen war. Er hatte zu Hause eine Frau und war, weil er sich für keine der beiden endgültig entscheiden konnte, immer zwischen Zick und seinem Heimatort unterwegs. Maria, der dieser Zustand unerträglich geworden war, war kurz vor meiner Ankunft in meine Heimatstadt gefahren, um den Sommer bei ihrer Schwester und deren Sohn zu verbringen.

So hatten wir die Rollen getauscht.

Der Rückweg

Der Rückweg ins Dorf führte zwischen niedrigen Hügeln durch, am Grunde eines sich dahinschlängelnden Grabens, in dem es fast windstill war. Die Böschung zu beiden Seiten war bewachsen; von der Sonne angesengtes, fast verdorrtes Gras stand darauf, zwischen dessen Narben der sandige braune Boden durchschien.

Ich dachte wieder an meine Freundin und daran, daß ich ihr einmal, im Kinosaal, versprochen hatte, ich würde sie heiraten. – Irgendwie, das spürte ich, galt dieses Versprechen noch heute, und die unglückliche Verbindung, die sie nach den Andeutungen der Tante mit ihrem Vetter eingegangen war, schien dieses Gefühl zu bestätigen. Vielleicht, so dachte ich, hatte sie all die Jahre darauf gewartet, daß ich kommen würde, und als ich nicht kam, um mein Versprechen einzulösen, hatte sie sich mit dem anderen eingelassen, vielleicht auch war ihr, als dann mein Onkel gestorben war, bewußt geworden, daß ich als sein Stellvertreter kommen würde, und der Gedanke daran, wie beschämend das Wiedersehen mit mir nach ihrem Fehlschlag für sie ausfallen mußte, hatte sie in ihrem Beschluß abzureisen wohl noch bestärkt.

Ich sah von meiner Scheibtruhe auf. – Um mich wogten wie ein unendlicher Ozean die kleinen, dünenartigen Hügel in ständiger, unruhiger Bewegung auf und ab, und gern hätte ich jetzt Rübe bei mir gehabt, weil ich mir vorstellte, wie der Hund, immer ein Stück Weges voraus, mir zwischen diesen sich wie die Rükken einer Herde Rinder aneinanderdrängenden Bukkeln die Richtung gewiesen hätte.

Auf der Hügelkuppe wiegten sich vereinzelte Grashalme – heroben wehte ein heißer Wind, der in den Augen brannte – ein Knacken wie von dürren Zweigen lief vor mir her, ein hoher, feiner Pfeifton, kaum hörbar und immer so, als würde er gleich abbrechen, lag in der Luft. Überall knisterte es; an manchen Stellen erhob sich über dem Weg der in dünnen Strudeln aufgewirbelte Sand zu wandernden Säulen, und vom Scheibtruhenrad spritzten kleine Steine wie Springkäfer oder lebendig gewordene Funken fort. – Es war Mittag, Mittagsschlafenszeit, die Zeit der Mäuse und Wiesel, die in raschen Sprüngen den Weg vor mir kreuzten und manchmal, selbst wie blind von dieser Hitze und wie sich überaschlagend, in einem Zick-Zack-Kurs auf mich zugerannt kamen.

Ich blickte zur Sonne, die, hoch oben, wie ein Spiegel, heller als das Blau des Himmels, in diesem Blau zitternd zu stehen schien – ein stummes Auge, »der kleine Zeuge«, wie man hier dazu sagt, das zweite Auge Ahuras.

Ich dachte an den Tag nach meiner Ankunft, an die ins ausgetrocknete Bachbett gestoßene Scheibtruhe, das ›monyorókérèk‹, das in einer Bodenritze gesteckt war und ›die wilde Jagd‹ angekündigt hatte. – Am gleichen Abend hatte ich vom Wasenmeister meinen Hund bekommen, der jetzt zu Hause bei der Tante war, und seine Totenklage auf meinen Onkel anhören müssen. Ich hatte Naghy-Vág beim Beischlaf mit Ráks Frau belauscht, und während ich, bebend vor Scham, neben dem Vordereingang gestanden war, hatte Rák selbst wahrscheinlich hinter dem Haus alles durch das Schlüsselloch beobachtet. – »Mein Gott, sie werden uns Unglück bringen!« hatte Anna geschrien, und ich hatte es darauf bezogen, daß ich mit De Selby zum Mitwisser eines Geheimnisses geworden war – das in Wahrheit der ganze Ort längst kannte. So hatte alles offenbar einzig dem Zweck gedient, die Freundschaft zwischen De Selby und mir zu zerstören, und ich hatte also mit daran schuld. – »Siehst du«, hatte der Mesner bei Jel Idézö zu mir gesagt, »auch der Herr Wasenmeister sagt es: Du bist schuld!« – Und dafür hatte ich dann im ›London‹ von Zerdahel Namen und Vater bekommen, einen Vater allerdings, der jede Beziehung zu seinem Ableger von Anfang an bestritten hatte.

All das war so nah, als wäre es erst gestern gewesen und nur wie durch die dünne Haut einer einzigen Nacht von heute getrennt, aufbewahrt in einer kleinen, durchsichtigen Kapsel, die ihren Inhalt freigab, wenn man sie eine Zeitlang in seinem Mund herumschob.

Unter dem Schweißband meiner Postmütze bahnten sich kleine Bäche ihren Weg zwischen den Haaren durch und kitzelten mich im Nacken und am Hals. Wie zum Gruß nahm ich die Kappe ab und strich mir mit der Hand über den Kopf. – Es war eine Bewegung, die ich von meinem Onkel her kannte. Ich zuckte zusammen, so als hätte ich mich bei einem Unrecht ertappt, machte sie dann aber ein zweites und drittes Mal, um diese Entdeckung auf ihre Richtigkeit zu überprüfen, den ersten Eindruck zu widerlegen und schließlich doch mich selbst in ihr wiederzufinden. Ich begriff zwar, was sie zu bedeuten hatte, aber die Fremdheit blieb. – Ich war das nicht; weder für meinen Kopf noch für meine Hand war diese Bewegung gemacht.

Wieder sah ich zur Sonne hinauf. Ich schloß die Augen, wollte mich auf die Böschung hinsetzen, konnte es aber irgendwie nicht, stand weiterhin bloß da und sah mich gleichzeitig stehen, die Hände um die Dienstmütze gekrampft wie mein Onkel – in der Haltung eines Rechtlosen, der bei einer neuen Herrschaft vorstellig wird.

Zwei Zeiten, dachte ich, gab es: diese langsame hier, meine, und eine schneller verfliegende Zeit, eine, in der dieser Augenblick schon vor langem einmal gewesen war, in der Tage und Jahre gleichsam wie schnell Verdampfbares, wie Schnee auf einem heißen Stein schmolzen, Wasser wurden, sich verflüchtigten, eine Zeit, die, von einem schnelleren Herzen geschlagen, weiterraste, während ich selbst stumm, wie betäubt und von der Hitze schwankend, weiter dastand, im hellichten Mittag wie zu Mitternacht, auf dem Boden vor mir die Scheibtruhe und mit ihr eingewachsen auf diesem Fleck.

Siebentes Kapitel

LITFÁS

VOR DER LEEREN, TRUHENFÖRMIGEN, MIT PAPPKARton ausgelegten und danach mit verblassenden Fotografien aus alten Modejournalen ausgeklebten Auslage eines kleinen Geschäftslokals, das ich für eine ehemalige Schusterwerkstatt hielt, war ich stehengeblieben. – Eine Weile betrachtete ich mein bläuliches, durch die Unebenheiten des Fensterglases in diesem verzerrt und verbogen wirkendes Spiegelbild. Blaß sah ich darin aus und je nach den unregelmäßigen, an herabrinnende Wasserstrahlen erinnernden Wölbungen der Scheibe einmal schräg nach rechts oben in die Länge gezogen, dann wieder breitgedrückt und nach unten auseinanderfließend, der Kopf wie zwischen den Schultern verschwindend.

Ich stellte mich ein wenig auf die Zehenspitzen, um vielleicht weiter oben eine Stelle zu finden, in der ich mich so sehen konnte, wie ich wirklich aussah, als ich knapp über der Trennwand zwischen Schaufenster und Geschäftslokal und hinter den Borten eines schmutzigweißen, gehäkelten Vorhangs, der bis zu ihr herabreichte, eine kleine, träge Bewegung wahrzunehmen glaubte – kaum merkbar, wie der Flossenschlag eines großen Fisches, der in einem Aquarium wegtaucht. – Ich stützte mich am Fensterglas ab, um über die Trennwand einen Blick in das Geschäftsinnere zu werfen, aber weil es drinnen dunkel war, sah ich nichts.

Hinter den in die Ladentüre eingeschnittenen Gläsern hing ein ähnlicher Vorhang wie in der Auslage. – Ich stellte meine Scheibtruhe ab, trat in den Türrahmen und drückte mein Gesicht gegen die Scheibe, um besser zu sehen, und um das seitlich einfallende Licht abzuschirmen, hielt ich meine Hand vor.

Gerade als ich mich aufrichten wollte, um mich wieder auf den Weg zu machen, ging die Türe auf, und wie um meinen Schrecken noch zu vergrößern, schlug knapp über mir eine alte elektrische Klingel ihren scharfen, schnarrenden Ton an. – Fast wäre ich über die niedrige Stufe in den Laden hineingestolpert, hätte nicht eine kräftige Hand blitzschnell nach meinem Arm gegriffen, um mich vor dem Sturz zu bewahren.

»Vorsicht, Stufe!« hörte ich schräg hinter mir einen Mann warnend ausrufen. Ich zog die Luft vor Überraschung scharf zwischen den Zähnen ein und drehte mich um, konnte aber wegen des raschen Lichtwechsels vorerst kaum etwas erkennen. Erst als sich meine Augen ein wenig an das Dämmerlicht gewöhnt hatten, fing ich an, die einzelnen Teile der Einrichtung zu unterscheiden: den breiten Ladentisch, der sich wie eine Uferbank von der einen Seite des Baumes zur anderen hinzog, auf ihm etwas, das ich zuerst für eine Vase hielt, das sich aber später, bei Licht, als kurzhalsiger, bauchiger Krug entpuppte, und zu meiner Linken, schräg vor dem Schaufenster, das zur Hälfte mit Pappkarton zugenagelt war, einen mit Gewalt in die Ecke gedrückten Lehnsessel, der früher einmal als Sitzgelegenheit für die Kundschaft gedient haben mochte.

»Ich sperre jetzt zu«, sagte der Mann in meinem Rücken, der mich gerade gestützt und aufgefangen hatte, hielt dabei aber die Türe halb offen, wie um mir damit die Gelegenheit zu geben, noch schnell ins Freie zu schlüpfen. Ich tat das allerdings nicht, sondern blieb stehen und sah ihm zu, wie er sich jetzt bückte, um die Türe mit einem Schuber von innen zu verriegeln. Und erst da bemerkte ich, daß er nur halb bekleidet war. Sein einziges Kleidungsstück war ein weites, weißes, sich unter seinen Drehungen übertrieben bauschendes Hemd, das, lang wie ein Nachthemd, bis fast an seine Knöchel hinunterreichte und dessen Ärmel abgeschnitten waren. Aus dem rechten Armloch stand unter den Fransen eines schlecht vernähten Saumes ein knapp über dem Ellbogen amputierter Stumpen vor, und als der Mann, wieder aufgerichtet, vor mir stand, sah ich, daß er einen schütteren, fast weißen Bart trug, der in unregelmäßigen Flecken wie Federflaum sein Gesicht bedeckte und ihm zusammen mit seiner Glatze das Aussehen eines Fauns verlieh. Dieser Eindruck wurde noch durch seinen eigentümlich stolzierenden und gleichzeitig beinahe schwebenden Gang verstärkt und stand in krassem Gegensatz zur schüchternen und verschämten Art, mit der er sprach, solange er sich mit mir im gleichen Raum vor dem Verkaufspult aufhielt.

Kaum aber hatte er das Klappbrett, das in die Wand eingelassen war und der Vergrößerung des Ladentisches diente, hochgeschlagen und war hinter diesen getreten, veränderten sich sein Tonfall und Verhalten mit einem Schlag. Er war zwar weiterhin freundlich zu mir, aber seine Freundlichkeit hatte jetzt etwas Gönnerhaft-Joviales, und auch die Geste, mit der er aus einer der Laden des Tisches ein Geschirrtuch holte, um ihn abzuwischen, erinnerte eher an die eines Gastwirtes, an den Wirt der Gaststätte ›London‹, als an den Mann, der sich gerade noch wegen seiner mangelhaften Bekleidung vor mir geniert hatte. Und während ich soeben noch geglaubt hatte, er stoße beim Sprechen mit der Zunge an und stottere, wenn auch kaum merklich, so klangen seine Worte jetzt überzeugend und fast weltgewandt.

Schöner Name, frühes Leid

»Machen wir's uns gemütlich«, sagte der Einarmige einladend und fügte sofort lachend hinzu, »sofern Gemütlichkeit das ist, was wir uns wünschen.« – Und wie um sein Teil dazu beizutragen, ließ er mit einer schnellen Bewegung einen Teller mit Essensresten, der neben dem Krug auf dem Tisch gestanden war, unter dem Pult verschwinden und brachte, fast gleichzeitig, zwei kleine, geschliffene Gläser und eine halbabgebrannte Kerze zum Vorschein.

»Drehen Sie das Licht wieder aus!« sagte er und wies mit einer Kopfbewegung zum Schalter neben der Tür, den er nach meinem Eintreten betätigt hatte. – »Es braucht niemand zu wissen, daß wir noch da sind.« Er steckte die Kerze in den Hals des Krugs, und nachdem er geschickt mit seiner einen Hand ein Zündholz aus einer Schachtel geholt hatte, klemmte er diese unter seinen rechten Armstumpen und riß das Streichholz an. – »Ich bin nämlich nicht der beste Umgang für frischgebackene Stellvertreter.«

Er hielt das Streichholz an den Docht der Kerze, der, vielleicht weil er stark verrußt war, nicht Feuer fangen wollte; kleine Funken stoben von ihm weg, dann aber brannte er doch. Der Einarmige hob den Krug mit dem flackernden Licht hoch und reichte ihn mir über den Tisch: »Stellen Sie ihn dort drüben hin«, sagte er und wies mit dem Zeigefinger auf das Sims eines kleinen blinden Fensters zu meiner Linken. Er beobachtete mich, wie ich seinen sonderbaren Kerzenleuchter aufstellte, während er sich selbst halb umdrehte, um von einem schmalen, in die Wand hinter ihm eingelassenen Regal, das von einer Holztüre unterbrochen wurde, die ins Freie führte, eine von fünf noch vollen Weinflaschen zu nehmen. Ihren Verschluß – einen Stöpsel aus zusammengerolltem Zeitungspapier – zog er mit seinen Zähnen heraus. – »Für die armen Seelen«, erklärte er, ohne aufzusehen, das Papierröllchen zwischen den Zähnen. Er stellte die Flasche auf den Ladentisch, hob hintereinander die beiden Gläser, um sie auf ihre Sauberkeit hin zu prüfen, und spuckte das Papier schließlich in einem weiten Bogen seitlich aus.

»Nehmen Sie ruhig inzwischen Platz«, sagte er, wohl weil ich neben dem Fenster stehengeblieben war, irgendwie linkisch, denn ich wußte nicht, wie ich mich verhalten sollte. »Aber passen Sie auf den Sessel auf, er gehört mir nicht.« – Jetzt goß er die beiden Weingläser, die vor ihm auf dem Pult standen, bis zum Rand voll, wobei er seinen Kopf geneigt hielt. Seine Verrichtungen, aber nicht nur sie, sondern auch seine Sätze folgten so automatisch aufeinander, als folgten sie den festgelegten Regeln eines Spiels, das nach dem immer gleichen Plan durchgeführt und zu dem der jeweils Hereingekommene als Handlanger beigezogen wurde. – Der Einarmige nahm jetzt vorsichtig eines der beiden Gläser zwischen Daumen und Zeigefinger, um nur ja nichts zu verschütten, und schob es mir über den Ladentisch zu. Er sah mich an und machte eine einladende Bewegung, dann hob er das eigene Glas geschickt in einem einzigen Schwung hoch und kippte es – ohne dabei seine Lippen zu berühren – in sich hinein.

Ich beobachtete all seine Bewegungen genau, und je länger ich es tat, desto mehr gewann ich den Eindruck, er wolle sein Gegenüber mit seiner Geschicklichkeit beeindrucken und immer wieder darauf hinweisen, wie gut er ohne einen zweiten Arm auskam, ja, um wie viel geschickter er mit diesem einen Arm umzugehen verstand als der andere mit zweien.

»Und Sie sind also Halbwegs«, sagte er schließlich zufrieden und lehnte sich in seinem Stuhl zurück. Er sah mich forschend an, so daß ich unter seinem Blick den Kopf senkte. Eine Pause entstand. Nur das Flakkern der Kerze auf dem Sims über mir war zu hören. – »Wie gefällt es Ihnen bei uns?« fragte der Einarmige in die Stille. Seine Frage klang, als sollte sie mich aufmuntern, aber ich starrte nur weiterhin wortlos auf das volle Glas, das ich in meiner Rechten hin und her drehte. »Nicht besonders gut, wie?« fragte er. Ich schüttelte den Kopf und sah nun auf, bemerkte aber, daß er sich für meine Antwort gar nicht zu interessieren schien oder sie schon im voraus wußte – denn viel mehr interessierten ihn offenbar seine vorne spitz zulaufenden Fingernägel, die er aufmerksam untersuchte.

Er stand auf.

»Ich bin Litfás«, sagte er, neben seinem Stuhl stehend und unter einer leichten Verbeugung. Es klang wie die Einleitung zu einer umständlichen Erklärung, die er nun abgeben würde und an deren Formulierung er lange gefeilt hatte. Dennoch gelang sie ihm aber nicht, denn er verstummte wieder und fing an, nachdenklich in dem schmalen Gang zwischen Verkaufspult und Regal auf und ab zu gehen. Mir war das recht. – Müde vom vergangenen Tag, drückte ich mich tiefer in meinen Sessel und schloß die Augen. Ab und zu hörte ich ihn leise durch die Nase schniefen, dann wieder setzte er sich geräuschvoll auf seinen Stuhl hin, schenkte sich Wein nach und trank ihn schlürfend und in langen Abständen, wie jemand, dem kalt ist oder der über ein schwieriges Problem nachdenkt. – Diese kleinen, sich wiederholenden Laute hatten etwas angenehm Einschläferndes, das noch durch das zeitweilige, selbstvergessene Kratzen seiner Fingernägel auf der Tischplatte verstärkt wurde. Im Geschäft herinnen war es warm, und gerade als ich dann tatsächlich einschlafen wollte, hörte ich, wie er seine Stimme hob.

»Trinken Sie jetzt«, sagte er feierlich, so als wäre ich endlich in der erforderlichen Gemütsverfassung. – Ich hob das Glas an meine Nase und roch daran. Der Wein hatte einen fremdartigen, leicht stechenden Geruch, wie von den Nadeln eines mir unbekannten Baumes. Ich nippte ein wenig. – »Gut so«, sagte der Einarmige und nickte mir aufmunternd zu. Ich nahm noch einen Schluck, zuckte unwillkürlich zusammen und schnalzte wegen des eigentümlich scharfen Geschmacks mit der Zunge. Ich wollte mich in meinen Sessel zurücklassen, beugte mich aber statt dessen vor, stützte, irgendwie ratlos, die Ellbogen auf die Knie und drehte das Glas in meinen Händen. Es war mir, als hätte mich eine unerwartete Neuigkeit aus dem Gleichgewicht gebracht und verlegen gemacht, und wie durch ein Wunder war ich mit einem Mal wieder hellwach.

»Der Wein schmeckt gut«, stellte Litfás zufrieden fest und nickte mir über den Tisch vertraulich zu. »Gyanta«, erklärte er, »geharzter Wein.«

Er goß das eigene Glas von neuem voll und trank es aus, behielt dabei aber die Flüssigkeit eine Zeitlang im Mund und spitzte die Lippen, um die Luft, die er pfeifend durch sie einsog, darüberstreichen zu lassen. Es war das Schlürfen, das ich vorhin schon gehört hatte. – Er sah mich ruhig an. Ich wußte, er erwartete, daß ich nun reden würde, setzte, als ich weiterhin nichts sagte, selbst zu einem Wort oder Satz an, schloß dann aber den Mund und schwieg.

»Sie machen es einem nicht leicht, Halbwegs«, sagte er schließlich ernst, aber nicht unfreundlich. – »Halbwegs«, wiederholte er. Jetzt räusperte er sich. – »Litfás und Halbwegs«, fing er noch einmal an, »zwei schöne Namen.« Er wiegte seinen Kopf. – »Schöner Name, frühes Leid, nicht wahr?« Wieder machte er eine Pause. Er schien über etwas nachzudenken, das lange zurücklag, und gleichsam aus der Ferne dieser

Zeit sagte er schließlich heiser: »Ich besaß einmal einen Hasen, der so hieß wie Sie.«

Es klang wie Spott. – Ich sah auf, aber er schien ganz von seinen Erinnerungen gefangen. Traumverloren saß er da und lauschte, den Kopf zur Seite geneigt, nach oben, wie hinauf in einen Raum, von dessen Existenz ich nichts wußte.

»Wissen Sie«, fuhr er dann fort und blickte mich nachdenklich an, »es ist die Verzweiflung, die uns für Unmögliches unmögliche Namen eingibt.« Der Satz war eine gesungene Klage. »*›Das Leben ist närrisch und bedeutend zugleich‹*, heißt es einmal. *›Und wenn über das eine nicht gelacht und über das andere nicht spekuliert wird, dann ist das Leben banal.‹*« Er machte eine unbestimmte Bewegung mit seinem Armstumpen. »*›Dann hat alles nur kleinstes Ausmaß‹*«, zitierte er weiter. Es klang endgültig, aber im gleichen Tonfall fügte er noch hinzu: »*›Dann ergibt alles nur einen kleinen Sinn und einen kleinen Unsinn.‹*« Der Einarmige erhob sich wieder und machte ein paar zögernde Schritte. Er wandte sich zu mir um: »Gefährliche Sätze sind das!« sagte er warnend. »Sätze, die aus der Grube der Verzweiflung gerufen sind, die man nüchtern gar nicht aussprechen sollte.« Er unterbrach sich und ging wieder ein Stück. »Sie erlauben alles«, rief er die Wand an, »sie entschuldigen alles!« Er hielt kurz vor der Mauer inne. »Gleichzeitig schütten sie alles zu.« Wieder drehte er sich um. »Passen Sie auf«, sagte er ruhig.

»Ich stand am Rande eines Abgrundes, als mir passierte, was ich Ihnen nun erzählen werde.« Er nahm auf seinem Stuhl Platz. Auf seiner Stirne standen winzige Schweißperlen, wie die Vorwegnahme der Anstrengungen, die ihm seine Erzählung bereiten würde. – »Es passierte vor etwa drei Jahren drüben in Tadten.« Er rückte seinen Stuhl zurecht. »Das ganze Dorf war in Bewegung. Es hieß, daß wir nach Varbalog zum Kirtag fahren sollten – Kirtag und Markttag fielen aufeinander, und jeder rechnete natürlich mit einem Riesenrummel und damit, den einen oder anderen Potlatsch mitzumachen. – Wissen Sie überhaupt, was ein Potlatsch ist?« unterbrach er sich, um sich zu vergewissern, wieviel ich wüßte und wo er mit seinen Erklärungen zu beginnen hatte.

»Das Wort Potlatsch kommt eigentlich aus dem Ungarischen«, führte er aus, als ich verneint hatte. »Es heißt richtig ›potlás‹, und das bedeutet so viel wie ›Ersatz‹. Es gibt zwei Arten des Potlatsch, den nagypotlás, das ist der ›große‹, und den kispotlás, den kleinen Potlatsch, und wenn wir von einem Potlatsch erzählen, dann meinen wir in der Regel den kleinen, weil er der häufigere ist. – Kommen Sie her!« Er winkte mich zu sich hin. »Geben Sie mir Ihr Glas!« – Ich folgte ihm, neugierig, was er damit machen würde. Er nahm es mir aus der Hand und sah mir in die Augen. – »Sie müssen aber nicht bleiben, wenn es Sie nicht interessiert«, unterbrach er sich. Ich gab keine Antwort, erwiderte aber seinen Blick, bis er die

Augen senkte, und sich, wie entschuldigend, räusperte.

»Also«, fing er an. »Stellen Sie Ihr Glas hierher.« Er wies mit dem Finger vor sich auf das Verkaufspult. Ich tat es und wartete. – »Stützen Sie Ihre beiden Hände hier auf und sehen Sie mich an!« Er legte seine Linke auf das Klappbrett. Ich folgte ihm abermals, während er, ohne wegzusehen, das Weinglas, das neben ihm auf dem Ladentisch stand, in die Hand nahm, an die Lippen hob und einen Schluck daraus tat. Wie vorher hielt er den Wein eine Weile im Mund, rollte ihn hin und her und schloß die Augen. Dann schluckte er, ließ ein paar Sekunden verstreichen, blickte wieder auf und stellte das Glas zurück. – »Nichts«, sagte er, beinahe triumphierend. – »Die anderen behaupten nämlich immer, sie könnten am Wein schmecken, was einer gerade gedacht hat. – Komisch, ich schmecke beim Potlatsch nie was!« Er sah mich prüfend an. – »Haben Sie's schon einmal versucht?« fragte er und schob mir das Glas, aus dem er vorher getrunken hatte, über den Tisch zu.

Ich verneinte.

»Probieren Sie's!« sagte er. – Ich hatte das Gefühl, er verlange etwas Unrechtes von mir und wisse das auch, und wollte ablehnen, aber er ließ meinen Widerspruch nicht gelten. – »Versuchen muß man's«, sagte er kategorisch und wies mit dem Finger auf das Glas. – »Den Versuch ist man schuldig – immer!«

Ich gab nach. – Vielleicht weil ich den ganzen Tag noch nichts gegessen hatte, spürte ich, wie sich mein Magen, kaum daß ich getrunken hatte, unter der Einwirkung des Weins zusammenzog und mein Oberkörper hin und her zu schwanken begann, während sich meine Hände hilfesuchend um das Klappbrett krampften. Ich preßte die Lider fest zusammen, um das Schwindelgefühl zu vertreiben und mein Gleichgewicht wiederzuerlangen, während Litfás, ohne auf meinen Zustand zu achten, wieder stampfend hinter dem Ladentisch auf und ab zu gehen anfing und wie in einem Selbstgespräch laut vor sich her redete.

»Stop!« rief er, ohne aufzuschauen. »Haben Sie etwas gespürt?« Er hielt mir den Rücken zugewandt. »Nein?« sagte er. Er wußte die Antwort im vorhinein. – »Dann müssen Sie's eben noch einmal versuchen!« Er stützte sich an der Wand ab und gab sich einen Stoß. Mit zwei großen Schritten war er bei mir.

»Also«, sagte er ungeduldig. – »Geben Sie her!« Er streckte die Hand aus. »Ich bin zuerst dran.«

Ich gab ihm mein Glas, aber er wehrte ab und verlangte das, aus dem er als erster getrunken hatte. »Nur nicht vermischen!« sagte er wichtigtuerisch. »Wenn man vermischt, war alles umsonst.« Er hielt das Glas in die Höhe, den Stiel zwischen Daumen und Zeigefinger, und schwenkte es ein paarmal hin und her.

»Seine volle Blume«, sagte er dann, als läse er aus einem Buch über Getränkekunde vor, »entfaltet der geharzte Wein erst, wenn man ihn vor dem Trinken ausgiebig schwenkt. – Nur Nichtkenner trinken Gyanta-Wein ungeschwenkt!«

Er sah mich nachdenklich an. – »Der kispotlás«, sagte er dann. »*›Hochwasser soll vor dir sein, Schlamm soll hinter dir aufstehen!‹* sagen die Schriften. – Zum zweitenmal wird das Flüssige vom Festen geschieden.« Er nahm einen Schluck, wobei er mit seinem linken Arm weit ausholte und, die beiden letzten Finger feierlich wie bei einem Zeremoniell weggespreizt, das Glas fast waagrecht an seinen Mund führte. Wie einen weichen Schnabel stülpte er seine Oberlippe bis weit über die Glasmitte vor und sog die Flüssigkeit ein. – »Mir das Klare«, sagte er und schnalzte mit der Zunge, »dir den Schlamm!« Er hielt mir das Glas einladend hin: »Im Schlamm wühlen und vielleicht einen Schatz darin finden.«

Ich nahm das Glas in die Hand und roch daran. An irgend etwas erinnerte mich dieser Geruch, an etwas, das lange zugeschüttet in mir gelegen hatte. Ich tat noch einen Schluck, und als ich mich über dem Verkaufspult zusammenkrümmte, weil mich wieder diese Übelkeit überkam, bemerkte ich, wie mich der Einarmige aus seinen beinahe wimpernlosen Augen neugierig und kalt musterte.

– ›Muß man nicht essen, solange irgend etwas Eßbares da ist? – Darf man vermeiden?‹ hatte Rák am Vormittag gerufen, und einen Augenblick lang war ich versucht, diese Frage nun an Litfás zu richten, hielt mich dann aber doch zurück. – ›Man darf zwar, aber man soll es nicht‹, hatte Ráks Antwort gelautet. – Ich wollte meine Hand öffnen, um das Glas loszulassen, aber es gelang mir nicht. Nur um so fester umklammerte ich seinen Stiel.

»Stop! – – Woran habe ich gerade gedacht?« hörte ich Litfás wie aus einem Nebenraum rufen.

Ich verstand seine Frage, schüttelte aber den Kopf. Sie galt nicht mir. – Ich sah an meiner Hose hinunter, sah den Rowisch*, die Schlangenlinie des gestickten Saums, deren Anblick Rák so sehr erregt hatte. – ›Dieses Zick-Zack!‹ hatte er gerufen, ›dieses schnelle Hin und Her!‹ Ich biß mir auf die Lippe, schloß die Augen. Auf einmal ergaben seine Worte Sinn. – Wo war er jetzt? Warum hatte er sein Versprechen gebrochen und war nicht wiedergekommen, um mir die Frau zu zeigen, von der er erzählt hatte.

»Rák«, sagte ich laut. – Der Name klang aus meinem Mund wie das Knurren eines Hundes.

»Was haben Sie gesagt?« fragte der Einarmige und starrte mich ungläubig an, wobei er seinen Armstumpen wie einen kurzen Flügel an sich zog.

»Nichts«, wehrte ich ab.

»Wissen Sie«, sagte er, ohne sich weiter darum zu kümmern, »in unseren Schriften gibt es eine Stelle, die für uns alle von größter Tragweite ist. – *›Das meiste von dem, was für euer Leben Bedeutung hat‹*, heißt es dort, *›geschieht in eurer Abwesenheit.‹* – Nicht die Tat gilt, sondern das Bild der Tat. Nicht das, was wir tun, sondern das, was mit dem, was wir tun, geschieht – nur das zählt. Die Tat, sagt man, ist das dumme Stück Holz, in dem die Zeit gefangen ist. Frei wird sie erst, wenn sich das Holz unter der Peitsche des Hörensagens zu drehen anfängt. – Und nicht das zählt, was sich in einer Tat verrät, sondern

* So nennen die Bieresch eine mit Bändern verzierte Hosennaht.

das, was sich hinter ihr verschweigt. – Der kispotlás!« rief der Einarmige aus, ohne daß ich den Sinn seiner Worte verstand.

»Schon hundertmal habe ich es erlebt: diesen Ausdruck von Bestürzung und Ratlosigkeit, der sich im Gesicht des Betroffenen breitmacht, wenn ihm sein Gegenüber plötzlich das Glas aus der Hand reißt und: ›Mir den Schlamm!‹ ruft. – Sie sollten einmal den Sturm erleben, der dann losbricht! Es geht zu wie bei einer Kartenpartie, bei der man sich die ewige Seligkeit ausschnapst.« Litfás sah mich an. »Es ist lächerlich, schamlos, und trotzdem ernst wie der Tod«, erklärte er. »Da sitzen wir dann zu zehnt oder zu zwölft um den Tisch, und jeden Augenblick hört man, wie irgendeiner aus seiner Ecke ›Das Klare!‹ ruft und der Rest zur Antwort ›Den Schlamm!‹ schreit. Jeder schnuppert und schnauft über dem Glas seines Nachbarn, bis er ganz toll davon ist – denn der Zucker am Boden des Glases ist der Bodensatz der Erkenntnis. – Zu ihm muß er durch!«

Er unterbrach sich.

»Eines fällt auf«, sagte er ernst und schenkte sein Glas bis zum Rand hin voll, »und das sollte denjenigen, die sich über den Potlatsch lustig machen, zu denken geben: So viel dabei auch getrunken werden mag – noch nie ist es vorgekommen, daß einer seinen Tisch nicht ebenso nüchtern wieder verlassen hätte, wie er gekommen ist.« Er wies mit dem Finger auf das Glas vor ihm. »Dieser Wein macht nicht betrunken!« erklärte er. »Unsere Kinder trinken ihn, ohne Schaden zu nehmen! Unsere Frauen!« Wieder sah er mich an, und ruhig fügte er nach einer Pause hinzu: »Unsere Frauen ganz besonders.«

»Wissen Sie übrigens, wie ich als Göd genannt wurde?« Ich schüttelte den Kopf, aber so als hätte ich den Namen gesagt und als würde er ihn nur zur Bestätigung wiederholen, nickte er: »›Sieben-See-und-kein-Wasser‹! – Ein seltsamer Name. Taucht nur alle paar Generationen einmal auf.« – Er dachte nach. »Er wird in einer Legende erwähnt«, sagte er schwer. »Sie berichtet von einem Anochi, von dem es hieß, er habe sich ein Sitzgrab ausgehoben und sei durch das Seelenloch zu den Toten hinuntergestiegen. Er habe ein Jahr und einen Tag dort unten zugebracht, um von den Toten zu erfahren, wie sie es zustande brachten, friedlich miteinander zu leben. – Als er von seiner Reise zurückkehrte, fragten ihn die anderen Bieresch, was er erlebt hätte, aber immer wieder sagte der Eingegrabene nur diese fünf Worte: ›Sieben See, und kein Wasser!‹ – Egal.«

Litfás erhob sich abrupt. Ohne sich im mindesten zu genieren, öffnete er seine Hintertür und stellte sich in den offenen Rahmen, um sein Wasser zu lassen.

»Sie haben vorhin den Namen Rák erwähnt, nicht wahr?« fragte er über seine Schulter. Er schüttelte die letzten Tropfen von seinem Glied ab und kam zurück. Wie eine Frau strich er sein Nachthemd vorne glatt, bevor er sich wieder setzte.

»Rák«, sagte er. »Rák und Anna.« Er machte eine Pause, dann fragte er nachdenklich: »Wissen Sie, wie wir sagen, wenn einer mit einem Schlag alles verliert, was er besessen hat?«

Ich verneinte.

»›Gott hat nachgedacht!‹« sagte er dumpf, und eher wie eine Feststellung als fragend fügte er dann knapp hinzu: »Sie kennen Anna?«

Ich nickte.

»Anna war einmal meine Frau«, erklärte er. »Ich habe sie damals beim Potlatsch in Tadten am Würfeltisch verloren.«

Der Einarmige ließ sein Weinglas hart auf der Tischplatte aufschlagen. – Ich zuckte zusammen. Rák fiel mir wieder ein: »Diese mir am Würfeltisch zugefallene Frau«, hatte er am Vormittag zu mir gesagt.

»Als ich Sie vorhin fragte, woran ich gerade dachte«, unterbrach der Einarmige meine Erinnerung, »da hatte ich an Rák gedacht – verstehen Sie!«

Siebentes, längeres Gespräch

»Ort der Handlung also, wie gesagt, Tadten«, sagte er nun entschlossen und so, als hätte er vor mir nichts mehr zu verbergen. »Gasthaus Kuh. – Zeit der Handlung: Im nächsten Herbst sind es drei Jahre.« Er räusperte sich. »Seit damals zünde ich jeden Abend diese Kerze an.« Mit einer Kopfbewegung wies er zum Fenster. »Ich zahle mein Leben zurück – Rate für Rate.«

Ich blickte zur Kerze hinauf, die auf dem Fenstersims stand. Das Fenster war blind, seine Innenflügel waren wie der untere Teil der Auslage mit Pappkarton zugenagelt worden. Es war ein Firmenkarton, auf dem ein Mann abgebildet war, der mit der Rechten eine Flasche in die Höhe hielt wie eine Trophäe und zu einer Art Freudentanz anzusetzen schien. »Egy uj társasjáték« – ›ein neues Gesellschaftsspiel‹ stand darunter. – Ich dachte daran, was Litfás gerade vom Potlatsch erzählt hatte. – Die Umrißlinie des Körpers des Tanzenden war in regelmäßigen Abständen von kleinen Kreisen unterbrochen, die wie auf sein Gewand genähte Kugeln oder Schellen aussahen, so daß der Eindruck, es handle sich bei dem Tänzer um einen Spaßmacher, noch verstärkt wurde.

– Mein Religionslehrer aus der Hauptschule fiel mir ein. Er war ein kleiner, dünner, nervöser Mann gewesen, der knapp unter der rechten Handwurzel eine Wucherung von der Größe und Form eines Gänseeis gehabt hatte, die immer dann zu sehen war, wenn er seine Worte heftig gestikulierend unterstrich. – Früher einmal, so hatte er eines Tages erklärt, habe man Schellen zum Vertreiben böser Geister verwendet; später seien dann Verrückte oder Aussätzige mit ihnen behängt worden, Menschen, von denen man geglaubt hatte, sie seien von bösen Geistern besessen, und vor deren Näherkommen man rechtzeitig gewarnt werden wollte. Er hatte erzählt, daß auch unsere Kirchturm- und Feuerglocken ihren Ursprung in diesen Schellen hätten. ›Ein Aberglaube, den sich ein Papst zunutze gemacht hat!‹ hatte er ausgerufen, und beim Wort ›Aberglaube‹ hatte er mit der Rechten eine verächtliche Handbewegung gemacht, wodurch einen Augenblick lang die häßliche, gelbe Geschwulst unter seinem Rockärmel aufblitzte.

Dieses Zusammentreffen hatte einer meiner Mitschüler genützt, um träge die Hand zu heben und den Lehrer zu fragen, ob auch er böse Geister vertreiben wolle oder ein böser Geist sei, weil er da an der Hand eine solche Schelle tragen müsse. Der Lehrer war für einen Moment wortlos dagestanden und hatte ausgesehen, als bekäme er keine Luft, hatte dann aber, wie zur Antwort auf die Verhöhnung des Schülers, mit hoher, leiser, aber durchdringender Stimme zu uns gewandt weitergeredet und gesagt, es habe zur gleichen Zeit in unserer Heimat ein Gesetz gegeben, wonach ein Fremder, der, ohne sein Kommen mit Lärm angekündigt zu haben, unter die Dachtraufe getreten sei, von hinten mit einem Beil oder einer Keule getötet werden durfte. Er hatte diese Worte in einem so scharfen, selbstsicheren Ton gesagt, daß nun der Schüler, der ihn verspottet hatte, bleich geworden war und sich sofort entschuldigt hatte.

Die Glocke über Litfás' Ladentür fiel mir ein. ›Litfás‹, dachte ich, ›hat nur einen Arm. Er kann sich nicht wehren.‹ –

»Es war Mittwoch«, sagte er jetzt, wie um zu verhindern, daß ich weiter nachdachte. »Ausgemacht war, daß wir Männer zum Kirtag nach Varbalog fahren, während die Frauen – außer Anna war Ihre Frau Tante mitgekommen – inzwischen mit Oslip im Wirtshaus auf uns warten sollten. – Oslip konnte nicht mit«, warf Litfás wie entschuldigend ein, »er konnte sich schon damals nicht mehr allein auf den Beinen halten. – Ich weiß nicht, ob sie's Ihnen gesagt hat«, unterbrach er sich wieder, »und vielleicht sollte ich auch gar nicht darüber reden, denn im Grunde hat es wohl weder mit mir etwas zu tun, noch mit Ihnen.« Er sah mich an: »Wir anderen hatten noch nicht einmal erfahren, daß Oslip schon verloren war«, sagte er, »da hatte ihn Ihre Tante bereits zu ihrem Liebhaber gemacht! – Ihre Tante ist eine sonderbare Frau.« Er zögerte, ob er fortfahren sollte oder nicht, entschloß sich dann aber doch dazu: »Sie liebt die Kranken!« sagte er heiser. »Anna und Lina sind wie Schwestern – und Lina hat den kleinen Oslip zu Tode geliebt!« Er warf mir einen unsicheren Seitenblick zu.

»Es sind die alten Geschichten«, sagte er dann und machte eine wegwerfende Handbewegung, so als wollte er damit das gerade Gesagte wieder ungesagt machen. »Jeder kennt sie, jeder spricht über sie, und vielleicht wäre es wirklich das beste, man würde sie vergessen und begraben. – Die Tat und das Bild der Tat«, sagte er wieder. »Hier weiß jeder alles über den anderen; der Spielraum ist zwar nicht knapp bemessen, aber bekannt und damit praktisch überhaupt nicht vorhanden. Alles, was geschehen kann und geschieht, jede Tat oder Untat, ist nur eine Wiederholung dessen, was immer schon war. *›Die Vergangenheit‹*, lehren die Schriften, *›ist der Stoff, aus dem die Zeit gemacht ist, und jeder Augenblick, der vergeht, muß augenblicklich zu ihr zurück.‹* – ›Unschuldig‹, heißt es ein andermal, ›seid ihr nur, weil ihr von unserer Schuld nichts wißt. Aber daß ihr von unserer Schuld nichts wißt, gerade das macht euch schuldig.‹ – Egal«, sagte er verächtlich. »Wir sind ohne Bedeutung. Die Zukunft liegt zwar nicht hinter uns, wie manche glauben, aber sie liegt einfach nicht auf unserem Weg. – Passen Sie auf!« Er zog eine Lade unter seinem Verkaufspult auf und holte ein paar Dinge heraus: eine Nagelschere, eine kleine, flache, emaillierte Dose mit Schraubverschluß und eine Zwirnspule, in der eine Nadel steckte. Das, was er gesucht hatte, schien nicht darunter zu sein. »Was da wohl drin sein mag?« sagte er, als er Spule und Schere wieder zurück in die Lade gelegt hatte, und schüttelte die Dose knapp vor seinem Ohr. Es machte ein leises, knisterndes Geräusch. – »Stecknadeln?« – Er legte auch die Dose zurück.

»Haben Sie zufällig eine Zigarette?« fragte er und sah mich an.

Ich verneinte.

»Macht nichts.« Er nahm seine Erzählung wieder auf:

»Es passierte also in Tadten. – Wir waren beim Kirtag in Varbalog-Szerdahely gewesen. – ›Szerdahely‹ bedeutet Mittwochmarkt«, erklärte der Einarmige. »Markt- und Kirtag fielen aufeinander.« Wieder beugte er sich, offenbar noch immer auf der Suche nach Zigaretten hinunter, zog die Lade weiter auf und steckte förmlich seinen Kopf hinein. »Rák hatte eine Säge kaufen wollen, hatte aber keine bekommen.« Er redete wie mit der Lade. »›Kleiner Diebstahl‹ hatte im Gasthaus Karten gespielt und sein gesamtes Geld verloren. Der Jude schleppte eine Leiter an, die er dem Bruder seines Vaters am Nagelstock abgewonnen hatte.« Jetzt schob er die Lade zu. »Außerdem waren noch Inga, Naghy-Vág und De Selby dabei. Mich mitgezählt, insgesamt sieben Personen also – eine gerade noch überschaubare Gruppe.« Er klang als gäbe er eine Aussage zu Protokoll.

»Gleich nachdem wir unseren Wagen vor dem ›Az Elején‹ abgestellt hatten – es ist das erste Gasthaus am Ortsrand von Varbalog und bedeutet ›Zu Anfang‹ – gleich nach unserer Ankunft also hatten wir uns getrennt. Jeder ging seiner Wege; nur De Selby und ich blieben, wie gesagt beisammen. – Auf den Mesner muß man aufpassen!« sagte der Einarmige und warf mir dabei einen Seitenblick zu. »Er ist wer ganz Kostbarer! – Egal. Wir waren bloß kurz auf dem Marktplatz gewesen und hatten uns umgesehen. Es war nichts los, immer dasselbe, und am liebsten wäre ich sofort wieder gegangen, aber der Dicke wollte nicht – er ist wie ein Kind, das sich nicht sattsehen kann, besonders dann, wenn er etwas schon kennt. Also blieben wir ein wenig. Er trank seine Limonade, während ich mir aus Langeweile aus der Hand lesen ließ. Die Handleserin war eine Zigeunerin, also verstand ich nicht einmal die Hälfte von dem, was sie sagte, und was ich verstand, war mir nicht neu. – Stop!« sagte er wieder. – »Wir waren jedenfalls lange vor den anderen da und warteten auf sie bis nach Mittag im Straßengraben vor dem Gasthaus. De Selby war unruhig; vielleicht spürte er da schon was. Immer wieder sprang er jedenfalls wie ein Verrückter aus dem Gras hoch und klatschte ungeduldig in die Hände, weil er die anderen nicht kommen sah. – Endlich kamen sie dann doch. Jeder erzählte seine Geschichte und zeigte die Sachen vor, die er mitgebracht hatte, während De Selby immer ungeduldiger zur Heimfahrt drängte.

Schließlich holten wir die Ochsen aus dem Hof. Sie standen da, wie wir sie hatten stehen lassen: wie festgewachsen. – Und dementsprechend war dann auch unsere Heimfahrt!«

»Alle hatten ihre Habseligkeiten umständlich am oder im Wagen untergebracht, waren aufgeregt wie vor einer Weltreise und zerfahren, als fürchteten sie, das Wichtigste vergessen zu haben. Jeder schien zu glauben, er müsse höchstpersönlich die Räder selbst noch überprüfen, den Halt der Deichsel, den Zug der Schnüre, die Befestigung des Gepäcks; dabei brannte die Sonne auf uns herunter wie durch ein Vergrößerungsglas. Eine unbegreifliche Feindseligkeit war plötzlich zwischen dem aufgekommen, was jeder einzelne tat, und dem, was die anderen taten. Jeder Handgriff hob die Handgriffe der Vorgänger auf, jedes Wort war eine Widerrede, ein Knoten schien in alles geknüpft worden zu sein. Nur eins war klar: Wir wollten weg von hier, so schnell es ging. – Aber schnell ging's nicht. Auf allen vieren hätten wir den Weg in dieser Zeit zurücklegen können!« Litfás atmete heftig.

»Schließlich fielen wir geradezu vor Erschöpfung in den Wagen«, fuhr er fort. »Der Jude hielt sich mit beiden Händen am Wagenrand fest, um nicht umzufallen. Stitz lehnte tot an der Rückwand des Fuhrwerks. Inga hatte sich, kaum daß er eingestiegen war, auf den Boden hingesetzt und tonlos in einem fort dieselbe Melodie vor sich hingepfiffen. Es war die Angst. – Zweimal brüllten die Ochsen. Naghy-Vág, der vorne auf dem Kutschbock saß, schlug, betrunken vor Schwäche, ziellos auf sie ein, weil sie nicht weiterwollten. Keiner sagte etwas. Man konnte die Erde keuchen hören in dieser Hitze.« Der Einarmige sah auf. Er blickte an mir vorbei. »Etwas Böses war geschehen«, sagte er. Der Satz klang in der Stille des Raumes wie verloren, aus einem anderen Raum hierher verirrt.

»Der Karren streikte. – Die Räder drehten sich nicht, sondern rutschten nur irgendwie über den Boden. Alle blickten stumm vor sich hin, und wenn manchmal dennoch zwei gleichzeitig aufsahen und ihre Blicke sich kreuzten, dann war es, als würden sie einander nicht kennen, sondern starrten sich über einen Abgrund hinweg an – mit der Mordlust einer fremden Rasse. – Ein Haß brannte zwischen uns im Wagen, und eine Fremdheit lag zwischen ihm und der Landschaft draußen, wie ich es noch nie zuvor erlebt hatte. Jeder schien im stillen die anderen zu verfluchen und suchte gerade nach Worten für diesen Fluch, starrte abwechselnd, die Hände zur Faust geballt, auf den Boden und hinaus, so als verzweifelte er darüber, daß das Unheil, das er herbeifluchte, noch immer nicht eingetreten war.« Wieder unterbrach er sich. Mit dem Hemdsärmel wischte er sich den Schweiß von der Stirn.

»Wir saßen fest«, sagte er schwer und ließ, wie um die Aussichtslosigkeit jener Lage damals zu unterstreichen, seine Faust auf die Tischplatte fallen. »Im Wagen war es totenstill. – Alles schien uns aus dem Weg zu gehen und auszuweichen: Es war, als würde sich die Erde unter uns auf einmal doppelt so schnell fortdrehen, die Bäume bogen sich weg, und wie ein Führer rollte vor uns – vom Wind dahingetragen – ein dürres Bündel aus Zweigen, ein monyorokérék! – Die Luft war unatembar. Glaswolle!« Jetzt sah er mich an.

»Und plötzlich hatte ich dann dieses Gefühl, ich müßte zerbersten!« rief er. »In dieser auffliegenden Stille, in der wir zu stehen und zu warten hatten, war es mir, als wären auf einmal alle Steine lebendig geworden und drückten sich tiefer vom Wagen weg ins seitliche Gras, als würfe sich das Korn unter den Blikken aus meinen Augen und von Naghy-Vágs Peitsche geschlagen hin und her, als liefen verdorrte Grasbüschel wie Spinnen vor unseren Rädern herum und davon. Ein Kreischen fuhr durch die Luft, als würden riesige Metallstücke zwischen zwei Walzen zermahlen. Die Zeit stand still. – In einer Spiegelung tauchte vor mir eine Bergkette auf, die weit hinter uns in unseren Rücken lag – das Massiv von Györ!« Litfás hielt inne. – »Alles war wie verhext!« rief er wieder. »Immer unerträglicher wurde dieses Mahlen, immer näher schien es zu kommen. Ich sah zur Sonne hinauf: Gelblich glänzend, hin und her schaukelnd hing sie am Himmel, ein böses, von einer bösen Hand dahingezaubertes Auge. – Stop! – ›Sie schielt!‹ schrie ich.«

Der Einarmige hatte sich vorgebeugt und blieb in dieser Stellung wie zu einem Sprung bereit sitzen.

»Ich hatte es noch nicht ausgerufen«, sagte er und ließ sich wieder zurücksinken, »da sah ich es schon: eine zweite, dünne, blassere Sonne, die wie eine gefärbte Blase aus der ersten wegtrieb, in den Himmel hinein, wo sie einen Augenblick lang in gleicher Höhe stehenblieb und dann langsam sank. Das Syzygium! Zeit und Gegenzeit. – Es war ein ekelhafter, alles verächtlich machender Anblick, bei dem ich mich augenblicklich über den Wagenrand übergeben mußte«, sagte er und fügte nach einer kurzen Pause hart hinzu: »Rückwirkend schuldig geworden!«

»Es heißt«, erklärte er, »daß die Dinge manchmal im nachhinein eine Ordnung für sich suchen, die der Reihenfolge ihres Auftretens widerspricht. – Ursache und Wirkung tauschen miteinander die Plätze; das andere Urteil tritt in Kraft.« Er fuhr mit der Hand durch die Luft und ließ sie einen Augenblick lang wie etwas Schweres da hängen. »Das Opfer wird als Täter überführt.«

»Ich sagte: ›Sie schielt!‹« sagte Litfás und sah auf seine Hand hinunter, die wie etwas nicht zu ihm Gehörendes vor ihm auf der Tischplatte lag und zuckte. »Ich hörte ein leises Knirschen, das Bersten einer Schale, die Sonne platzte, und herausgeblasen aus diesem Ei sah ich den Dottersack der zweiten Sonne, wie er sich langsam löste, dahinflog, sank.« Zerstreut fuhr er sich mit der Hand an die Nasenwurzel und rieb sie zwischen Daumen und Zeigefinger.

»Das Auge Ahuras!« Er ließ seine Hand wieder sinken. »›Es ist trüb wie das Auge der Hunde‹, sagt die Legende.« Er machte seine Augen zu. Die Linke fiel schwer vom Tisch in seinen Schoß.

»Litfás ist müde«, murmelte er. Wie von selbst glitt sein Kopf auf die hochgezogene Schulter, und einen Augenblick später war er auch schon eingeschlafen.

Ich wartete ein paar Minuten, und als er sich nicht rührte, stand ich leise auf. Die Kerze war fast heruntergebrannt, und in dem kleinen Geschäftslokal war es jetzt stickig und heiß. Ich wollte gehen. Eine Diele knarrte, als ich darauftrat. Ich drehte mich um. Litfás saß, den Mund weit offen und den Kopf seitlich an die Rückenlehne seines Stuhls gelegt, wie ein Toter da, aber kaum versuchte ich den Türschuber hochzuziehen, hörte ich, wie er sich wieder bewegte. »Sie gehen schon?« fragte er, noch benommen. Es klang, als wäre er enttäuscht. Ich blieb stehen. – »Seit Varbalog kann ich bei Nacht nicht mehr schlafen.« Es war keine Entschuldigung, im Gegenteil: Stolz schwang mit, als er das sagte, so als handelte es sich bei dieser Schlaflosigkeit um eine Art Kriegsverletzung, die für ihn und seine Umgebung zwar unangenehm sein mochte, für die selbst er sich aber nicht zu schämen brauchte. – »Ich muß mir den Schlaf zwischendurch stehlen«, erklärte er, ohne sich zu beklagen, und fügte bescheiden hinzu: »Ich bin alt und brauche daher wenig Schlaf.«

Er sagte es wie nebenbei, schien ratlos etwas zu suchen, wußte aber offenbar selbst nicht, was es war. – »Trinken Sie noch einen Schluck!« lud er mich ein und hob, als wäre sie das Gesuchte, die Weinflasche hoch. Er schwenkte sie auffordernd hin und her, bemerkte dann aber, daß nur noch ein kleiner Rest übrig war, und ohne auf meine Antwort zu warten, schüttete er ihn in das eigene Glas. »Ich schlafe sozusagen im Stehen«, lenkte er ab. »Litfás, der Elch!« Er lachte. Er war wieder hellwach.

»Wissen Sie –« fuhr er bedeutungsvoll fort, nachdem er ausgetrunken hatte, »meine Aufmerksamkeit ist auf anderes gerichtet als die der meisten. Ich weiß heute, daß man das Leben mit einem kalten, unbeteiligten Auge ansehen muß, wenn man von ihm lernen will. Wer es nicht tut, erfährt nichts. ›*Er* leidet, ohne zu wissen‹, sagen die Schriften. ›Er lebt nicht, er buchstabiert nur das Leben. – Er kann nichts lesen: Er steht zu nah an der Schrift.‹« Der Einarmige schnalzte mit der Zunge.

»Damals«, erklärte er, »hat sich mein Leben von Grund auf geändert. – Als ich mit aufgerissenen Augen im Wagen stand und plötzlich bemerkte, wie sich da oben aus der Sonne diese Zwillingssonne schälte, wie sie abwärtsglitt, versank, um am anderen Ende unserer Welt wieder aufzutauchen, da begriff ich noch nicht, was diese Teilung für mich zu bedeuten hatte. Ich wußte bloß: Das bist du. – Dieser Augenblick damals: Mein ganzes Leben lang hatte ich auf ihn gewartet; unter Sand eingegraben hatte ich es zugebracht, nun durfte ich hinauf an die Oberfläche! Er war die Sammelstelle all meiner Hoffnungen! Bis dahin war ich nichts gewesen, danach, das wußte ich, würde ich alles sein! – Ich machte mich bereit für ihn, füllte meine Lungen mit Luft, ließ mich aufwärtstragen wie durch Wasser, öffnete all meine Sinne wie Schleusen. – ›Nur *so* kann erlebt werden‹, heißt es einmal in unseren Schriften, ›mit dieser Bereitschaft, alles Gewesene zu vergessen!‹ – Und dann?« Litfás sah mich fragend an. Seine Linke, die auf dem Tisch lag, schien wieder, losgelöst von ihm, zu zucken wie ein Tier.

»Ich stand da, wartete, daß die Türe jenes Augenblicks vor mir auffliegen, zerspringen würde, mich einzulassen. – Es war, als ob ich Tage und Wochen mit dieser zweiten Sonne durch den Himmel reiste und doch gleichzeitig geduldig unten in unserem Fuhrwerk stand und wartete, den Hut in der Hand, den Kopf geneigt wie im Gebet. – Noch heute«, rief der Einarmige, »sinkt mein Kopf manchmal wie von selbst in diese Stellung. – Und?« fragte er.

»Nichts. – Sieben See, und kein Wasser! – Die Welt, in der ich aufwachte, als ich die Augen aufschlug, war tot, leer.« Er schüttelte den Kopf. »Ich war allein, wie in einem falschen Tag aufgewacht. – Ein heißer Wind strich über die Erde, die sich unter dem bleiernen Himmel wie zum Sterben hingelegt hatte. In schweren Tropfen fiel erster Regen, der, kaum gefallen, auf der Stelle wieder verdampfte. Ein Schweigen umgab mich, daß ich glaubte, ich müßte sterben. *Stumm kreiste das Blut in mir.* – Ich sah auf, sah tiefer in diese Einöde als Menschen je gesehen haben. So durchsichtig war alles, so fremd und doch ans Herz greifend nah: Ich war der erste Mensch auf unserem Planeten, geschaffen, die toten Dinge von ihrem Tod zu erlösen. Jeder meiner Atemzüge war ein stummer Seufzer, mit dem sie noch näher an mich herandrängten. Sie schienen mir zuzuraunen, sich an mich zu lehnen. Wieder wollte ich schreien, denn diese Vertrautheit wollte ich nicht, – aber ich konnte nicht schreien. – Ich sah meine Hand an: Wie ein kleiner Strauch stand sie aus meinem

Rockärmel vor, die Zweige von einer zähen, silbrigen Haut überzogen, der Haupt des Todes.«

»Stop!« rief der Einarmige. Wieder blickte er mich eindringlich an. – »Das Antlitz des Schreckens.« – Ich schaute weg. Ich glaubte ihm nicht. Diese letzten Worte hatten mich an etwas erinnert, das ich schon kannte. Zerdahel fiel mir ein, aber weiter kam ich nicht.

»›*Schau!*‹ heißt es in der Legende«, sagte er, »›*der erhobene Arm weist nach unten!*‹ – Das war das Schlimmste: diese Vertrautheit mit Totem. Ich spürte, wie sich an einer Stelle meines Körpers – hier!« Er wies mit dem Zeigefinger auf die Mitte seines Leibes wie jemand, der eine noch offene Wunde nicht berühren will, »– wie sich hier also, unter dem Brustbein, etwas zum Zerreißen dehnte, ein Nerv, ein nie zuvor gespürtes Organ, und wie dann tatsächlich etwas riß, und im gleichen Augenblick spürte ich im Arm und in der Brust ein Ziehen, als wollte mir eine Flughaut wachsen. – Zu diesem Zeitpunkt verstand ich noch nicht, was das bedeutete, erst im Gasthaus fing ich an zu verstehen, und nicht einmal da, sondern noch später, Stück für Stück, langsam, als würde jemand mit einem Schraubenzieher die Schraube der Erkenntnis ruckweise anziehen – und trotzdem: Ich bellte wie zum Zeichen des Wiedererkennens. Ich hatte das schon einmal erlebt: totes Land, totes Land. Nur dazu also war ich aus meiner Tiefe aufgestiegen, dachte ich – das zu sehen. – Während ich hinfiel und der Länge nach auf dem Boden unseres Fuhrwerks aufschlug, schwang sich etwas aus mir wie aus einer Schlucht in die Höhe, ein Vogel kreiste über verbrannter Erde und machte sich mit einem Flügelschlag davon.«

»Als ich wieder zu mir kam«, sagte der Einarmige und umfaßte den Tischrand, so als wollte er sich an ihm festhalten, »war es mir, als wachte ich aus einem Traum gerissen auf und wüßte gleichzeitig, als Erwachter, daß ich dieses Erwachen nur träumte. – Ich setzte mich hin auf die Wagenbank, so schwach war ich. Die anderen hatten meinen Sturz den Schwankungen unseres Fuhrwerks zugeschoben und sich nichts dabei gedacht. De Selby, der neben mir saß, legte seinen Arm um meine Schultern, die Schultern eines Ertrinkenden. Ich zitterte. In meinem rechten Unterarm wütete der Schmerz. Er blutete. Ich wußte, ich würde ihn verlieren. – Eine kleine dunkle Lache bildete sich auf dem Wagenboden unter mir, und wie ein Gesicht, das unaufhaltsam aus der Tiefe dieser Lache aufwärtsstieg, spürte ich in mir eine Erkenntnis aufsteigen. – ›Sieben See, und kein Wasser!‹ Es war die Erkenntnis, daß ich alles verloren hatte, daß von hier an sich alles umkehren, daß mein Leben von nun an nur mehr die Wiederholung des schon einmal Gewesenen sein würde, daß es zurücklief.« Wieder stand Litfás auf, um hinauszugehen und Wasser zu lassen. Es klang, als flösse das Wasser des Lebens aus ihm.

Im Wirtshaus

»Ich war allein auf der Welt.« Er sah zur Decke hinauf wie zu einem Himmel, der sich ihm grau und unbarmherzig für immer verschlossen hatte. »Ich war gefangen in einem Tropfen der Zeit, ein winziges Urtierchen, das einarmig immer wieder die schon abgesteckte Strecke seines Lebens hin und her schwamm. Alle sahen mich an, aber keiner verstand. – Mit jedem Poltern des Wagens schien sich für sie der Bann, der auf allem gelegen war, weiter zu lösen, und jede Drehung der Räder hieß eine Landmeile mehr, die sich zwischen sie und mich schob. – Und dann kam Tadten. Das Gasthaus winkte schon aus der Ferne, gutmütig wie ein Freund, der bereit ist, alle Verfehlungen zu verzeihen. – Stop!«

Litfás stützte sich mit seiner Hand vom Ladentisch ab, so als wollte er sich damit seine Erinnerungen vom Leib halten.

»Ich trat als erster in die Wirtshausstube«, sagte er. »Wie von einer Faust mitten ins Gesicht getroffen, blieb ich stehen. Ich sah es und begriff, ohne zu überlegen: Anna war das zweite, das ich zurückgeben mußte. Sie saß, die Arme um Lumieres Nacken geschlungen, auf dessen Schoß, ihn küssend, als wollte sie ihm das Leben aus dem Mund saugen. – Lumiere!« rief der Einarmige und lachte. – »›Nie hat sie mich so geküßt!‹ dachte ich. Damals lachte ich nicht. – Eine Erschütterung ging durch meinen Körper. Ich stand wie versteinert da; meine Arme baumelten, vom Rumpf losgelöst, wie Glockenseile von den Schultern; ich klatschte schwach in die Hände. Neben mir stand Inga, unbeweglich, als hielte er Totenwache. Ich tastete nach seinem Arm, suchte Halt, wollte mich stützen – aber in solchen Minuten stützt man sich nicht, da greift man ins Leere. –

Noch einmal verlor ich das Bewußtsein. Ich schlug hart gegen die Wand, ging in die Knie. Als ich aus der Ohnmacht erwachte, lag etwas Fremdes quer in meinem Mund; es schmeckte nach Eisen und Salz: meine Zunge. Ich hatte sie im Sturz durchgebissen, wollte sie ausspucken. Blut sprudelte heraus und vermischte sich mit Blut, das mir von neuem aus der Nase floß. Ich sah die schwarze Spur auf meinem Handrücken, schaute auf, sah es wieder: Anna auf Lumieres Schoß, sein Kopf zwischen ihren Händen, ihre Zunge, schnell wie eine Schlange, in seinem Mund. – Ich kniete da, kroch auf sie zu; von unten her bohrten sich wie Schaufeln meine Schulterblätter durch die Haut nach oben; krachend schlugen sie gegeneinander, wuchsen zu einem Kamm zusammen; Warzen traten mir wie Knöpfe auf der Brust aus; um die Augen bildeten sich Falten und Risse, die Haut verhornte. – Ich war umpanzert, kroch weiter – eine vorzeitliche Echse, die aus ihrem jahrtausendealten Versteck aufgestöbert worden war. – Mit einem Satz war Anna von Lumieres Schloß, floh, als sie mich auf sich zukommen sah, in den hintersten Winkel der Stube.«

Litfás schloß die Augen. – »Alles, was danach passierte«, sagte er, »passierte wie nach einem von mir vorgefaßten Plan, dessen Durchführung ich ungerührt zusah, weil ich mit ihr selbst nichts zu tun hatte. – Anna machte jedenfalls von da an einen weiten Bogen um mich. Sie suchte sich den Platz neben Ihrer Frau Tante und Oslip aus, in der Nähe der Tür, saß da, wie sie es immer tat, wenn sie Angst hatte – die Handrükken unter die Oberschenkel geschoben – und in dieser Stellung wippte sie vor und zurück.«

»Lumiere stand auf und überließ seinen Stuhl dem Juden. Neben ihn setzte sich Rák. Ich war der dritte am Tisch, blieb aber nur einen Augenblick und begleitete dann Stitz, der mir sein Taschentuch borgte, hinaus. Immer noch blutete ich. – Nie werde ich diese weiße Wand vergessen, vor der ich damals stand und mein Blut auffing und auf Stitz einredete!« unterbrach er sich. »Stitz wußte nicht, was geschehen war, weil er als letzter die Gaststube betreten hatte, und ich redete und redete. Ich sagte zu ihm, daß wir heute alle noch unser Wunder erleben würden, aber er lachte nur, denn er dachte, ich wäre noch vom Sturz im Wagen durcheinander. Ich versuchte es ihm zu erklären; die Weberknechte flogen die Wand hinauf und ließen sich wieder heruntersinken, so als zeichneten sie im Flug meine Worte in einer unsichtbaren Schrift auf die Mauer, während ich mit meinem blutigen Zeigefinger immer wieder den Schlußpunkt hinter ihre Sätze auf dieselbe Stelle tippte. – Stitz verstand nicht, und ich versuchte es wieder, und immer wieder rauschte in meine Erklärung hinein im Frauenklo nebenan die Wasserspülung. Es klang wie das Schluchzen von jemandem, der geweint und sich vorgenommen hat, auf ewig in diesem kleinen, kalten, zugesperrten Abteil zu bleiben, um mit sich und seinem Schmerz allein zu sein.«

»Vielleicht war es das«, sagte der Einarmige, »vielleicht war es auch, weil ich die immer gleichen Worte für meine Erklärungen suchte, Erklärungen, die nicht an Stitz oder sonst jemand bestimmten gerichtet waren, sondern an die Welt, meine Abschiedsrede sozusagen, die Rede eines toten Matrosen, vor dessen blinden Augen das ganze Schiff noch einmal salutiert hat, bevor er in sein Seemannsgrab gleitet – plötzlich bemerkte ich jedenfalls, daß Stitz verschwunden war. Ich kehrte um, ging zurück in die Gaststube und hörte, wie er in der Küche mit der Frau des Wirts lachte. – Egal«, sagte der Einarmige.

»Ich kam zurück und setzte mich an meinen Tisch zu Zerdahel und Rák. – Rechts hinten, in einem Winkel und abseits von den anderen, saß De Selby. Er war allein. Inga spielte an einem Spielautomaten. Er hatte mich völlig vergessen, war ganz bei seinem Spiel und flüsterte die Berechnungen für die jeweils nächste Bildfolge.«

Litfás stützte den Kopf in seine Hand und schloß die Augen, so als versuchte er sich die Szene ganz genau in Erinnerung zu rufen. »Ihre Tante hielt Oslip an sich gedrückt und unterhielt sich über seinen Kopf hinweg mit Anna. Lumiere geisterte, wie von seinem Verstand verlassen, ziellos in der Wirtsstube herum. Nagh redete auf den Wirt ein. – Nun kam Stitz aus der Küche, und wie auf ein Zeichen veränderte sich alles. Er setzte sich an den Tisch neben Ihre Tante, so daß sie mit Oslip zwischen ihm und Anne saß. Rák stand auf und ließ sich eine Säge bringen. Er setzte sich zu Anna und fing zu spielen an. Anna sang dazu. Sie hat eine wundervolle Stimme«, erklärte der Einarmige.

»Zerdahel sprach mich an, was er sonst nie tat. Nagh gesellte sich zu uns und sagte, der Wirt würde uns eine Fischsuppe kochen. – Jetzt erst schien Lumiere Stitz zu entdecken, und so als hätte er endlich die verlorene Heimat wiedergefunden, holte er von De Selbys Tisch einen Stuhl und setzte sich Stitz gegenüber an dessen Tisch. – De Selby hatte nicht einmal aufgesehen.« – Litfás strich mit der Hand über seinen kahlen Kopf. – »Vor sich auf dem Tisch hatte er eine Weinkaraffe stehen. Auf einem Untersatz daneben lagen zwei ungeschälte harte Eier, außerdem stand ein kleiner, weißer Krug da. – Ich hörte Zerdahel zu, der wieder davon anfing, wie er seinem Onkel die Leiter abgewonnen hatte. Er erzählte die Geschichte Naghy-Vág, der sich nicht dafür interessierte und nicht einmal so tat, als würde er zuhören. Außerdem kannte er sie ja schon. Und da hielt ich auf einmal den Würfelbecher in der Hand. Woher ich ihn hatte, ist mir heute noch unerklärlich.«

»Ich sah zu Anna hinüber; sie saß neben Rák und sang. Als sie bemerkte, daß ich sie beobachtete, hörte sie auf. – Irgendwie machte mich das zornig, und ich fing an, den Becher in beiden Händen zu schütteln und die Würfel auf den Tisch zu kippen. Zuerst achtete ich nicht einmal auf das, was ich warf. Ich sah Inga zu, wie er am Arm seines Automaten zog, und hatte das Gefühl, daß irgend etwas damit nicht stimmte. – ›Wenn du nicht denkst‹, heißt es einmal in unseren Schriften, ›dann erst denkst du selbst!‹« rief Litfás. »Und tatsächlich: Ich würfelte, und plötzlich bemerkte ich, daß jeder Wurf, den ich tat, die immer gleiche Bilderfolge ergab, die sich auf dem Tisch vor mir wie an einer Schnur aufzureihen schien. Die

Schrift der Weberknechte an der weißen Klowand! – Es war eine Mitteilung, ein in einer mir unverständlichen Sprache geschriebener Satz, der mir wohl zu erkennen geben sollte, was ich da zwar schon ahnte – Stop!« Der Einarmige richtete sich in seinem Stuhl auf: »– daß mein Leben nun zurücklief. – Auch Zerdahel muß meine Würfe beobachtet haben, denn plötzlich unterbrach er seine Erzählung, sah mir eine Zeitlang wortlos zu und fing dann, wie mir zum Hohn, mit der Geschichte eines Mannes an, den er einmal auf einem Kirtag kennengelernt hatte und der es verstanden hätte, die Würfel auf einem Tisch aus größerer Entfernung durch bloßes Hinsehen nach Belieben hin und her rollen zu lassen und ihre Augen, ohne daß die Würfel selbst sich dabei bewegt hätten, zu verändern. Rák hatte offenbar zugehört, und, von der Geschichte des Juden angelockt, seine Säge in eine Ecke der Stube gelehnt. Er kehrte an unseren Tisch zurück: die zweite Drehung der Schraube«, sagte der Einarmige bedeutungsvoll.

Ich sah ihn fragend an, weil ich nicht verstand, wie er es meinte, aber ohne sich darum zu kümmern, setzte er seinen Bericht fort:

»Anna war wütend auf mich: Ich hatte Lumiere vertrieben und ihr Spiel gestört«, sagte er. »Sie wandte sich Ihrer Tante zu, aber diese war mit Oslip beschäftigt. – Lumiere war die ganze Zeit nur stumm dagesessen und hatte eifersüchtig abwechselnd zu Rák und Anna hingestarrt, während Stitz auf ihn eingeredet hatte, ohne von ihm Antwort zu bekommen. Nur dann und wann war er sich zornig mit der Hand an das linke Ohr gefahren und hatte die Muschel nach vorne gezogen, so als wollte er sich damit gegen die Belästigung durch Stitz schützen. – Jetzt aber, kaum daß Rák wieder bei uns saß, ließ er sich erleichtert in seinen Stuhl zurückfallen, fing in dieser Erleichterung an, die Figuren gedankenlos auf dem Schachbrett vor sich aufzustellen, und als Stitz ihn jetzt noch einmal fragte, ob er nicht mit ihm spielen wolle – bis zu uns herüber war das zu hören! –, willigte er tatsächlich ein. – Ich muß sagen, daß mich das freute«, sagte Litfás. Er schnalzte mit der Zunge.

»Der Potlatsch kündigte sich an«, sagte er. »›Das Maultier scharrt mit dem Huf‹, sagt man bei uns, wenn einer ein ungeschriebenes Gesetz übertritt, und genau das hatte Lumiere in diesem Augenblick getan. Es ist nämlich verboten, daß ein starker Spieler mit einem schwächeren spielt. Es ist ein Verstoß gegen die guten Sitten«, erklärte er. »Es ergibt keinen Sinn. – Und dann, nach noch nicht einmal zehn Zügen auf dem Brett, war es wirklich soweit. – Stop! Jemand rief einen Potlatsch aus: Plötzlich, mitten in die wie mit einem Faustschlag eingetretene Stille, in der alle zu den beiden Schachspielern hinüberschauten, rief einer: ›Das Klare!‹ – und wie in einem Atemzug rief Stitz, indem er mit einer Figur ausholte, um sie auf eins der Felder sausen zu lassen: ›Der Schlamm!‹« Litfás stand auf. »Es war wie ausgemacht. – Ein paar von uns folgten sofort und tauschten die Gläser. Ihre Tante schob das ihre aus Versehen mit dem Ellbogen ein Stück von sich weg. Es kam unmittelbar neben Lumieres Glas zu stehen, der gerade eine von ihm geschlagene Figur mit dem Fuß nach oben in der Hand hielt, so als wollte er damit etwas beweisen.«

»Und genau in diesem Augenblick klatschte De Selby, der dem, was um ihn herum vorging, nicht die geringste Aufmerksamkeit geschenkt hatte, in die Hände. ›Das Ei!‹ rief er. ›Das Ei!‹ – Noch mitten im Potlatsch, aber doch unfähig, sich irgendeine Sensation entgehen zu lassen, rissen jetzt alle die Köpfe herum und starrten zum Mesner. De Selby hatte eines der beiden Eier geschält und legte es auf die Öffnung seiner Karaffe, in der ein kleines Flämmchen brannte. Es war ein bläuliches, geheimnisvolles Licht, und für einen Augenblick hatte man den Eindruck, das Herz der Zeit stünde still, während das Ei immer dünner wurde, immer mehr in die Länge gezogen und sich immer tiefer durch den Hals der Karaffe abwärtsschob, bis es schließlich mit einem leisen, dumpfen Knall auf dem Flaschenboden zerplatzte.«

Der Einarmige hob den Kopf, so als lauschte er jetzt jenem Geräusch nach.

»Es war wie eine Geburt«, sagte er, »und als es vorüber war, waren alle so erleichtert, als wären *sie* geboren worden und hätten endlich alles glücklich überstanden. – Stitz wollte einen Schluck nehmen und bekam – ob durch Zufall oder mit Absicht, ich weiß es nicht – das Glas Lumieres zu fassen, während dieser wiederum, mit seinen Gedanken ganz beim Spiel, nach dem Ihrer Frau Tante griff, weil er das eigene nicht fand. – Eine ganz mechanische Geschichte also«, erklärte Litfás, »und ich kann mich, wie gesagt, auch im nachhinein einer gewissen Schadenfreude nicht enthalten, obwohl ich im Verlauf dieses Tages wohl am erbarmungslosesten getroffen wurde. Zuerst verlor ich den Arm und später, irgendwann zwischen den Glasverwechslungen, hatte ich dann Anna endgültig verloren. – Wahrscheinlich weil sie es ebenso bemerkt hatte wie ich, schrie sie auf, um Lumiere am Trinken zu hindern, und fiel um, während ich in der Aufregung den Würfelbecher umstürzte und in einem Reflex die auf den Boden gefallenen Würfel aufhob.«

»Wäre *ich* in diesem Augenblick ihr zu Hilfe gekommen und nicht Rák, ich bin fast sicher, sie wäre noch heute bei mir. – Wie auch immer«, unterbrach er sich. »Sie bringt ihm kein Glück. *›Sie liebt die Besiegten‹,* wie man so sagt, *›aber sie betrügt sie mit den Siegern.‹*« Er schien zufrieden.

»Sie hat damals Lumiere verloren, weil dieser aus dem Glas Ihrer Tante trank, und das ist beim kispotlás verboten. *›Er hat ihr unter den Rock geschaut‹,* heißt ein Sprichwort, *›und jetzt trägt sie die Schürze vorne kurz.‹* Kein Bieresch darf die Gedanken der Frau während des Potlatsch' kennenlernen, weil er ihr sonst hoffnungslos verfällt.«

Lumiere fiel mir ein, wie er an meinem Bett gesessen war und vor Aufregung geschnauft hatte. ›Ich habe ein Foto von Ihrer Tante!‹ hatte er mir zugeflüstert. ›Wollen Sie's sehen?‹

»Lumiere hat Anna verloren. Ihre Tante bekommt er nicht«, fuhr der Einarmige fort. »Als er sah, wie Rák zu Anna hinstürzte, begriff er plötzlich, was er getan hatte, sprang auf und stieß dabei den Tisch mit den Figuren um. – Er war außer sich. Um Luft zu holen, rannte er zum Fenster und riß es auf. Er blieb davor stehen, das Wasser lief ihm aus den Augen und über das Gesicht – aber nicht nur aus den Augen!« rief Litfás schadenfroh. »Vor uns allen hat er sich angepischt.«

Er schlug mit der Faust auf den Tisch. – Dann hatte er sich aber gleich wieder unter Kontrolle, blickte mich an und sagte ruhig: »Wir beide haben damals alles verloren!« Und nach einer Pause fügte er leise lachend hinzu: »Gott hat nachgedacht, verstehen Sie!« Er schüttelte grimmig den Kopf.

Achtes Kapitel

DER GROSSE POTLATSCH

GENUG DAVON.
Ich stand auf. – »Lügen!« sagte ich. Der Einarmige blickte mich betroffen an, schwieg aber. »Ihre Geschichte kenne ich von Lumiere. Er hat sie mir freilich etwas anders erzählt – nicht viel anders«, sagte ich, »aber in entscheidenden Punkten anders, und wenn ich Anna danach fragte, bekäme ich wahrscheinlich noch ein paar Lügen zu hören.« Litfás rührte sich nicht. Trotzdem hatte ich das Gefühl, er sei erschrocken. – »Sie wollen zu Anna?« fragte er. – »Warum nicht?« gab ich zurück, und so als wäre sie in Wahrheit mein nächstes Ziel, fügte ich hinzu: »Jedenfalls gehe ich jetzt.«

Ich wartete noch einen Augenblick, aber er tat nichts dergleichen, sondern zuckte bloß mit der Schulter, wie um mir damit anzudeuten, daß er mich nicht aufhalten würde. – Ich wandte mich um. Mit ein paar Schritten war ich bei der Tür, bückte mich, zog den Schuber hoch und ging hinaus. Die Türe fiel hinter mir von selbst ins Schloß, mit einem leisen Klicken, als drückte jemand vorsichtig einen Koffer zu.

Draußen auf dem Gehsteig und unter der Auslage von Litfás' Laden stand meine Scheibtruhe. Es mußte geregnet haben, während ich beim Einarmigen gewesen war, denn auf dem Truhenboden hatte sich eine kleine Lache gebildet, die im schwachen Widerschein des Lichts, das aus dem Schaufenster auf die Straße fiel, dunkel glänzte. Etwas Helles, ein Blatt Papier, schimmerte im Wasser. Mit zwei Fingern zog ich es heraus und warf es im Bogen in den länglichen Lichtstreifen. Es war einer von Ingas Prospekten.

Jetzt regnete es nicht mehr. Nur ein frischer, fast schon herbstlicher Wind wehte und fuhr manchmal durch das Blattwerk eines kleinen, gestutzten Bäumchens, das, etwas zurückgesetzt, auf dem freien Grundstück nebenan stand. Von seinem untersten Ast hing ein Wäschestück – ein Geschirrtuch oder Unterleibchen –, das immer wieder, so als schlüge der Wind nach ihm, hochgeworfen wurde, ohne allerdings in den Zweigen darüber hängen zu bleiben, die sein Ziel zu sein schienen. – Wie mir zum Zeichen hing es dort, und mir fiel ein, was ich in Collins Buch über die Anlage von Spalierobst gelesen hatte: daß in weiten Teilen Europas bis tief hinein ins letzte Jahrhundert ein Gott oder Geist des Berges verehrt wurde, der eins gewesen war mit dem Gott des Baumes, weshalb man in die Äste bestimmter Bäume die Leintücher und Kleider von Kranken und die Monatsbinden von unfruchtbaren Frauen gehängt hatte, weil man sich davon die Linderung der Leiden und die Lösung des auf der Unfruchtbaren liegenden Bannfluchs versprach. – »Ebenso«, hatte es in dem Buch geheißen, »wurden in bestimmten Gegenden die Habseligkeiten derjenigen, die in der Ferne verstorben waren, entweder auf Bergen begraben oder in Bäume gehängt, damit der Tote, heimkehrend, nur bis zu dem betreffenden Baume und nicht weiter vordringen könne.«

Der Baum vor dem Fenster meines Krankenzimmers fiel mir ein. In ihn hatte meine Tante die feuchten Umschläge zum Trocknen aufgehängt, und ich stellte mir vor, wie meine Mutter – wäre ich wirklich gestorben –, gefolgt von meinen drei Geschwistern und bepackt mit den Sachen, die ich zu Hause zurückgelassen hatte, in einer kleinen Prozession den Rücken eines der niedrigen Berge vor meiner Heimatstadt zu einem solchen Baum hinaufgestiegen wäre, um sie an ihm aufzuhängen oder unter seinen Wurzeln zu begraben, nachdem sie die Nachricht von meinem Tod erhalten hätte.

Ich gab mir einen Ruck. – Ich durfte so nicht denken; ich hätte damit bloß allem, was ich hier erlebte, recht gegeben, und das wollte ich nicht. Wieder aber ging mein Blick zurück zum Baum, und ich verfolgte weiter das kleine Schauspiel, das der Wind mit dem Wäschestück trieb, hing an ihm wie an einer Erscheinung, die sich von der Welt um mich gelöst zu haben schien, sie und mich zugleich auslachte, als ich plötzlich hinter mir eine Stimme zu hören glaubte, die leise meinen Namen rief. Ich fuhr herum, denn es war mein früherer Name gewesen, der Name, den ich in meiner Heimat getragen und schon lange nicht mehr gehört hatte. Niemand war da. Nur das Bäumchen rauschte unter einem Windstoß auf.

Ich hob die Scheibtruhe an den Griffen hoch. Sie schien mir schwer wie am ersten Nachmittag. – In seinem Laden hustete Litfás, redete laut drauflos, brummte und hustete von neuem.

»Dieser Wein macht nicht betrunken!« hatte er zu Beginn seiner Ausführungen zu mir gesagt. Für ihn schien dieser Satz allerdings nicht zu gelten, denn als ich mich auf den schmalen Mauervorsprung unter seinem Schaufenster stellte und einen Blick über die Trennwand in das Innere seines Geschäftes warf, aus dem wie in Stößen das Licht der kleinen Kerze zu mir herauswehte, sah ich den Schatten seines Kopfes wie betrunken an der Regalwand hinter ihm hin und her schwanken.

Wieder fing er zu reden an. Er fluchte heiser, stieß mit seinem schweren Körper gegen irgend etwas und versetzte ihm – wohl dem Stuhl – einen Fußtritt. Es schlitterte über den Bretterboden und schlug gegen die Wand. Dann gab es einen dumpfen Knall, der wahrscheinlich daher rührte, daß er das Klappbrett seines Verkaufspults mit einem Ruck hochgeschlagen hatte.

Ich fürchtete, er wolle mir nach, und schob mein Fuhrwerk um die Ecke des Hauses, wo ich es im Schatten der Mauer, den das Licht einer Straßenlaterne auf den Boden zeichnete, absetzte. Tatsächlich machte sich der Einarmige nun an seiner Eingangstüre zu schaffen, aber offenbar nicht, wie ich geglaubt hatte, um sie zu öffnen, denn gleich darauf hörte ich ihn wieder zurückschlurfen. Also hatte er die Türe bloß hinter mir verriegelt. – Dann war es still wie zuvor, und unwillkürlich hielt ich meinen Atem an, weil ich mir plötzlich vorstellte, wie er jetzt – vielleicht auf gleicher Höhe mit mir – *hinter* der Mauer stand und so wie ich, horchend, nur darauf wartete, daß ich einen Fehler machte und mich heraußen durch eine ungeschickte Bewegung oder ein Geräusch verriet.

Ein paar Minuten vergingen so. Nichts geschah. – Vielleicht hatte er eingesehen, daß er zu betrunken war, um gegen mich noch etwas auszurichten oder gar nach Hause zu gehen, und hatte es sich im Fauteuil für die Kunden bequem gemacht, um darin seinen Rausch auszuschlafen.

Vorsichtig, um nicht seine Aufmerksamkeit auf mich zu lenken, schob ich mein Fahrzeug aus dem Versteck neben dem Haus, froh darüber, daß es inzwischen geregnet hatte, weil der aufgeweichte Lehmboden alle Geräusche verschluckte. – Kaum aber hatte ich den ersten Schritt getan, hörte ich in meinem Rükken ein unterdrücktes Räuspern, und als ich mich umdrehte, sah ich ihn – sein weißes Hemd aufrecht und leuchtend wie eine Flamme – hinter mir stehen.

»Komm zurück, Hans!« rief er leise, und sein Ruf hatte etwas sonderbar Feierliches.

»Was wollen Sie noch?« erwiderte ich, ebenso leise und befangen wegen seines sonderbaren Benehmens.

»Ich muß dir was geben!« flüsterte er.

»Ich will nichts«, gab ich zurück.

»Es ist nicht für dich«, antwortete er. »Es ist für Anna. – Du gehst doch zu ihr, oder?«

»Warum geben Sie's ihr nicht selbst?« fragte ich zurück.

»Von mir nimmt sie nichts an.«

Ich war unentschlossen. – »Also gut«, willigte ich schließlich ein, auch weil ich diese seltsame Szene beenden wollte. Ich stellte die Scheibtruhe zurück auf den Boden und ging zu ihm, um zu holen, was er mir hatte mitgeben wollen, aber er hatte es nicht bei sich.

»Es ist drinnen«, erklärte er flüsternd.

Er bog um die Ecke und winkte mir mit dem Finger, als er vor der kleinen Holztüre stand, durch die man den Laden von hinten her betreten konnte. Ich folgte ihm und wollte an der niedrigen, zweistufigen Treppe warten, aber er winkte mich näher, und als ich bei ihm im Laden war – ich stürzte mehr, als daß ich stieg –, sperrte er hinter mir ab.

Ich sagte nichts, aber so als hätte ich von ihm eine Erklärung für sein Verhalten verlangt, rief er vorwurfsvoll: »Niemand soll wissen, daß du bei mir bist, und du machst einen solchen Lärm!«

Ich nahm auch das widerspruchslos hin. – »Wo ist jetzt Ihr Geschenk?« fragte ich.

»Pst, leise!« – Er hob seinen Zeigefinger und schlug dann mit der Handfläche, wie um damit anzudeuten, daß es dort versteckt sei, auf eine Schublade des Ladentisches, an den er mit seinem Hintern gelehnt stand. Er zwinkerte mir vertraulich zu. – »Ich hab' nicht gesagt, daß es ein Geschenk ist!« verbesserte er mich.

Ich hatte genug. – »Also, geben Sie's schon her!«

Wieder legte er den Zeigefinger an die Lippen und machte mit der Hand eine beschwichtigende Bewegung, so als wollte er damit sagen, ich solle mich noch ein wenig gedulden. – Dann füllte er umständlich mein Weinglas.

»Da, trink!« sagte er aufmunternd und schob es mir über die Platte des Verkaufspultes zu. Er goß das eigene voll. Eine Zeitlang hielt er es in seiner Hand fest und musterte mich nachdenklich.

»Ich möchte mit dir Bruderschaft trinken!« erklärte er nun entschlossen.

Das Stichwort war gefallen, und so als stünde nun endlich nichts mehr zwischen mir und ihm, rückte er näher zu mir heran und versprach: »Ich werde dir jetzt alles sagen, was ich weiß!«

Es war endgültig.

Noch einmal Anna

»Weißt du«, sagte er, wobei er mir in die Augen sah, »man kann sich am Wasser nicht festhalten – es hat keine Haare! Das ist ein altes Sprichwort bei uns. – Ein Sprichwort für Affen.«

Er räusperte sich. Sein Atem roch nach Knoblauch. – »Und trotzdem«, sagte er, »irgendwo muß man sich ja festhalten.«

Er legte mir die Hand auf die Schulter und drückte sie zusammen. Hinter mir stand sein Stuhl, ich spürte die Leiste der Sitzfläche in meinen Kniekehlen und ließ mich nieder. Er selbst blieb stehen.

»Als ich die anderen nach dir ausfragte«, fuhr er zufrieden fort, »da habe ich immer wieder diese drei Worte zu hören bekommen. Jedesmal hieß es: ›Hat keine Haare. Hat keine Haare.‹« Er warf mir einen prüfenden Blick zu. »Aber ich wußte es besser«, sagte er. »Ich hatte dich nämlich schon einmal gesehen, und ich wußte: Schlecht bist du nicht!« Er machte eine kleine Pause, fügte dann leise hinzu: »Nur ahnungslos bist du. – Hasenkopf!« rief er. Sein Gesicht war so nahe bei meinem herunten, daß er mich wieder mit seinem Atem streifte.

Ich drehte den Kopf abwehrend zur Seite. – »Was ist?« fragte ich.

»Nimm dich in acht vor den Frauen, Hasenkopf!« sagte der Einarmige eindringlich und drückte meine Schulter wieder mit seiner Hand zusammen.

Ich sah ihn an. Ich verstand nicht, was er wollte.

»Ich hab dich damals im Ballsaal gesehen«, erklärte er. »Ich stand heraußen im Dunkel und sah aus der Entfernung zu euch hinein. Ihr habt getrunken und getanzt. Du bist an Zerdahels Tisch gesessen und hast mir den Rücken gezeigt, und immer wieder habe ich deinen Namen gerufen, aber du hast mich nicht gehört. Nur einmal, als der Jude aufstand und hinausging, da bist du kurz zum Fenster gekommen und hast zu mir herausgeschaut. Und du hast mich gesehen. Du mußt mich gesehen haben«, sagte der Einarmige fest, »denn du hast mir in die Augen geschaut. – Aber dann passierte etwas, und du gingst wieder weg, so als wäre ich gar nicht da gewesen. Und den ganzen Abend hast du dem Juden dann zugehört, so als löste er vor deinen Augen gerade die Rätsel der Welt. – Und inzwischen stand ich dort draußen und wußte nicht, wohin und was tun, denn unbedingt wollte ich verhindern, daß er dir seine Geschichten erzählt.«

»Und warum?« fragte ich, neugierig geworden.

»Weil er nichts weiß!« rief der Einarmige. »Weil er nicht einmal die Hälfte von dem weiß, was ich weiß!«

Ich dachte an jenen ersten Abend zurück. Ich erinnerte mich an alles ganz genau: Plötzlich, mitten während der Ausführungen Zerdahels, hatte ich einen schrecklichen, beklemmenden Druck auf der Brust verspürt, so als hätte jemand von hinten seine Arme unter die meinen geschoben, die Hände ineinandergehakt und mir dann mit all seiner Kraft die Rippen zusammengepreßt. Ich war aufgesprungen und ans Fenster gelaufen, um ihn abzuschütteln. Ich hatte mich auf das Fensterbrett gelehnt und keuchend in die Dunkelheit hinausgestarrt und nur darauf gewartet, daß der plötzliche Blutandrang und dieser Druck wieder vergingen. Der Jude hatte die Gelegenheit genutzt, um hinauszugehen oder um sich eine neue Flasche Bier zu holen. Schließlich konnte ich wieder atmen, und da hatte ich, durch das Dröhnen in meinem Kopf hindurch, diesen hohen, wie sehnsüchtig gejauchzten Sirenenton gehört, den Anna mit ihrem Zeigefinger am Rand des Weinglases erzeugt hatte. – Litfás hatte recht: Ich war am Fenster gewesen – aber nicht, wie er glaubte, weil ich seinem Ruf gefolgt, sondern weil ich betäubt und atemlos gewesen war von all dem Fremden, das ich an jenem Nachmittag erlebt hatte, und wie innerlich in Stücke gerissen von den nicht endenwollenden Erklärungen des Juden. Und ich war zum Tisch zurückgekehrt – aber nicht, weil ich ihn hatte demütigen wollen (ich hatte ihn doch gar nicht gesehen!), sondern aus Trotz, weil ich das Spiel so schnell nicht hatte verloren geben mögen. – Aber so als wären das alles nur Ausflüchte und als wüßte er es besser als ich und würde sich durch mich nicht über die wahren Zusammenhänge betrügen lassen, schüttelte er verneinend den Kopf und sagte:

»Anna hat dich mir weggenommen.« Er stellte das Weinglas neben sich auf das Verkaufspult. Und als gäbe es jetzt nur noch das zu sagen und als wäre damit alles gesagt, fügte er bestimmt hinzu: »Du warst ihr verfallen – vom allerersten Augenblick an!«

Ich sah zu ihm auf. Er träumte. – Ich schüttelte den Kopf: So war es mit ihm wahrscheinlich immer. Hinter jedem, der seinen Weg kreuzte, vermutete er wohl einen Widersacher im Kampf um seine Anna, einem Kampf obendrein, den er längst verloren hatte. Alles drehte sich offenbar nur um sie, und der Gedanke, daß ein anderer seine Begierden nicht mit ihm teilen könnte, hatte in seinem Kopf keinen Platz. – Und unbeirrbar wie ein Verrückter, der sich im Bedarfsfall die Beweise so zurechtmacht, wie er sie gerade braucht, fuhr er dann auch fort:

»Du hast sie angestarrt wie eine Erscheinung, und weil sie mit ihrem Finger am Weinglas einmal *so* gemacht hat«, sagte er und machte mit seinem Finger die entsprechende Bewegung am Rand des Glases vor sich auf dem Tisch, »hast du schon geglaubt, sie gehöre dir.« – Ich wollte ihn unterbrechen, aber er ließ mich erst gar nicht zu Wort kommen. »Doch, das hast du«, wiederholte er. »Aber das macht nichts. – Sie will dich, und sie kriegt dich. So oder so. – Oder weshalb glaubst du, ist sie damals selbst aus dem Haus gekommen, um dir die Post abzunehmen, obwohl Naghy-

Vág bei ihr war? – Nur damit sie dir ihre Brust zeigen konnte! – Und weshalb bist du damals auf den Mesner so losgegangen? Du warst ja ganz außer dir!« rief der Einarmige, als hätte er es mit eigenen Augen gesehen. »Er war dir im Weg! Das war es.« Er lachte traurig und sah mich an. »Ja, ja«, nickte er.

In mir zitterte verhaltene Wut über diese Beschuldigung, und zorniger als ich es wollte, schrie ich ihn an: »Haben Sie mich etwa nur deshalb zurückgeholt – um mir das zu sagen?«

Er schüttelte den Kopf. – »Na, bitte!« sagte er, zeigte mit dem Finger auf mich und lachte wieder.

Dann machte er eine wegwerfende Handbewegung. »Nein, deshalb nicht«, sagte er ernst. »Diese Dinge gehen mich nichts an.«

Die Litfás'sche Röhre

»Es gibt«, nahm der Einarmige stirnrunzelnd seine Rede auf und schloß dabei die Faust um das Weinglas auf dem Tisch neben ihm, wie um damit zu sagen, daß nun erst der eigentliche Teil des Abends anfing, »einen Zusatz zur Legende von den Namen. Die Legende kennst du von Zerdahel. Von jenem Zusatz werde ich dir erzählen.« Er öffnete die Faust wieder und drehte das Glas zwischen Daumen und Zeigefinger hin und her.

»Er findet sich nur in einer einzigen Handschrift«, sagte er, »und selbst da ist er fast unleserlich, weil ihn der Verfasser wie einen plötzlichen Einfall formlos an den Rand des betreffenden Blattes hingekritzelt hat.

Das erklärt vielleicht auch, weshalb er nie wirklich ernstgenommen wurde, obwohl Aussage und Bildhaftigkeit in ihrer Eindringlichkeit um nichts hinter unseren bedeutendsten Schriften zurückbleiben und er auch eine geradezu ideale Ergänzung zur Handschrift von Hetföhely darstellen würde. – Aber vielleicht ist es eben gerade das«, unterbrach er sich, »vielleicht ist es gerade das Zwingende dieser Bilder, diese sich über jeden Zweifel hinweghebende Authentizität, die unsere Schriftgelehrten immer mißtrauisch gemacht hat!« Er überlegte. »Und dazu kommt freilich«, sagte er, »daß dieser Zusatz in Form einer Frage an den Leser abgefaßt ist, und das ist etwas, was die meisten von uns gleich zu Beginn vor dieser Lektüre zurückschrekken läßt, denn Fragen haben wir selbst genug – was wir von unseren Schriften erwarten, sind Antworten!«

»Dieser Anhang also«, setzte der Einarmige seine Ausführungen fort, ohne mich anzusehen, »dieser Anhang – oder, um genauer zu sein: dieser *Text* trägt zwei Überschriften. Sie stehen gleichberechtigt nebeneinander, und zwar in ein und derselben Zeile, ohne Interpunktion, und nur durch einen ungewöhnlich großen Zwischenraum voneinander getrennt. Sie lauten: ›Wie aber‹ und ›Wie immer‹. – Die erste Überschrift stimmt mit den in jedem Satz sich wiederholenden Einleitungsworten überein, also handelt es sich bei ihr nicht um einen Titel im eigentlichen Sinn; dasselbe gilt für die zweite. ›Wie immer‹ ist die älteste uns bekannte und zugleich beleidigende Bezeichnung des Bieresch.«

Wieder legte er eine Pause ein. Er dachte nach. – »Daraus läßt sich nun schließen«, sagte er bedeutungsvoll, »daß es sich bei diesen zwei Formeln um die Zusammenfassung alles dessen handelt, was wir einerseits überhaupt fragen können – denn mit diesem ›Wie aber‹ wird zu verstehen gegeben, daß alle bisherigen Antworten geprüft, daß ihre Inhalte zusammengefaßt wurden und daß das Resümee daraus jene neue Formel des ›Wie aber‹ ergibt –, während andererseits das reflexartige ›Wie immer‹ deutlich macht, daß auch diese und jede weitere in diesem Geiste gestellte Frage falsch gestellt ist und daß der Fragende durch die Art der gegebenen Antwort dazu aufgerufen ist, seine Frage noch einmal zu prüfen und dann von neuem zu formulieren. – Stop!«

Litfás fuhr mit der Hand über das Gesicht und strich dann seitlich über seinen Kopf. Er wirkte erschöpft.

»Wenn es nach diesem Text geht«, fuhr er müde fort, »dann lautet unsere Aufgabe, daß wir herausfinden sollen, wie die Ordnung der Dinge beschaffen war, bevor die Biereschek noch Hand an sie legten, bevor es uns überhaupt noch gab. – Eine schwierige, eine geradezu unlösbare Aufgabe«, sagte er resigniert. »Denn der Verfall der Welt vollzieht sich nur allmählich und ist selbst bei ständiger Beobachtung für das geübte Auge nicht wahrnehmbar, auch wenn er natürlich nicht geleugnet werden kann und von niemandem wirklich geleugnet wird. – Denn eines leuchtet auch dem Dümmsten ein: So kann es nicht immer gewesen sein. Das hält keine Menschheit aus! – Es gibt also diesen Verfall, und die Welt verkommt wirklich«, sagte er, aber es klang eher so, als stellte er kleinmütig eine Frage, als daß er einen konsequenten Schluß aus den eigenen Überlegungen zog.

»Wir können ihn zwar nicht nachweisen, wie Inga meint, aber wir spüren ihn. – Wir registrieren die kleinsten Veränderungen am Bestand!« erklärte er nachdrücklich, und wie um das Gewicht dieser Worte noch zu unterstreichen, klopfte er mit seiner wie zu einer Klaue gekrümmten Hand auf das Holz der Tischplatte. »Es ist, als hätten wir ein sechstes, noch unentdecktes Sinnesorgan in unserem Bauch, das uns ständig mit Informationen über diese Veränderungen versorgt. Hier«, sagte er und wies wie schon einmal mit dem Finger auf eine Stelle, knapp oberhalb des Nabels, der sich unter dem Stoff seines Nachthemdes als runde, flache Vertiefung abzeichnete. »Der Hiobsfleck! – *›Affen denken mit dem Bauch‹,* sagt man, und es stimmt.« Der Einarmige schien seine Müdigkeit wieder ganz überwunden zu haben und fing aufgeregt hinter dem Ladentisch auf und ab zu wandern an.

»Hör zu!« rief er. – »Ich saß einmal drüben in Andau in einem Gasthaus und trank ein Glas Bier. Es war ein Sommernachmittag in einem ungewöhnlich trokkenen Jahr, und die Hitze knisterte in Millionen kleinen Feuern über dem Erdboden. An den Tisch neben mich setzte sich ein Fremder, der mir sofort dadurch auffiel, daß er trotz der Sonnenglut einen weichen, grauen Filzhut aufhatte und daß seine Hände in Lederhandschuhen steckten. Als er den Hut abnahm, hatte er darunter das schönste feuerrote Haar, das ich jemals gesehen habe. Wir kamen miteinander ins Gespräch, und während er ständig mit seiner Kopfbedeckung, die er auf dem Tisch abgelegt hatte, wie mit einem Bierdeckel spielte, erzählte er mir, er habe lange Zeit in Afrika gelebt, das Land aber verlassen müssen, weil jedes Jahr im Sommer ein Heer von Wanderameisen sein Haus, das offenbar auf ihrer Route gelegen sei, überfallen und bis auf den letzten verwertbaren Rest kahlgefressen habe. Mit seiner Frau, für die dieser Zustand untragbar geworden sei, habe er jedesmal jeweils drei Tage und drei Nächte in einer Notunterkunft im Busch verbringen müssen, dann sei der Spuk wieder vorübergewesen. Gerade die unbarmherzige Regelmäßigkeit, mit der dieses auf den Tag genau voraussagbare Ereignis sich wiederholt habe, sei für seine Frau so grauenhaft gewesen, denn in unvorhersehbaren Unglücksfällen habe sie sich immer zu helfen gewußt. Aber dieser jährliche Routineüberfall habe sie ganz verstört und von Grund auf verändert.« –

»Zwei Jahre, erzählte er dann, sei er jetzt wieder zurück in der Heimat, aber im Sommer davor sei ihm etwas noch Schrecklicheres als jene Ameisengeschichte widerfahren, und deshalb überlege er, ob er sich nicht von seiner Frau ganz zurückziehen müsse, denn er glaube, er sei es, der dieses Unheil über sie heraufbeschwöre. – Er habe sich eines Nachmittags gemeinsam mit ihr durch das Fenster ihres Vorstadthäuschens hinaus mit einer Nachbarin unterhalten, die unten in ihrem kleinen Vorgarten gestanden sei. Er habe von Afrika und den Ameisen erzählt. Es sei schon fast dunkel gewesen, und er habe beim Reden eine unbegreifliche Unruhe in sich aufkommen gespürt, habe dieses Gefühl aber verbissen bekämpft, indem er seine Zuhörerin mit immer neuen Abenteuern aus jenem Kontinent überraschte. ›Noch nie hatte ich *so* erzählen können‹, rief er aus«, sagte der Einarmige. »›und dabei begleitete mich ständig dieses Gefühl, als ob mir jemand leicht, aber beharrlich mit seinem Finger auf den Hinterkopf klopfte. – Schließlich hielt ich es nicht mehr aus. – Aber man muß es eben aushalten! Denn wenn man es aushält, dann geht es vorbei!‹ rief er wieder. – Er habe sich jedenfalls umgedreht und festgestellt, daß jenes Klopfen keine Täuschung gewesen war. Es habe zwar leise und entfernt geklungen, wie das Geräusch von Wassertropfen, die in einem anderen Raum auf etwas Weiches fallen, aber als er das Licht aufgedreht habe, habe er bemerkt, daß von seiner Zimmerdecke, wie feines, gekräuseltes Haar, Tausende von fingerlangen, dünnen Fadenwürmern herunterhingen, ein lebendiger Rasen, aus dem in regelmäßigen Abständen ein Stück herausbrach und leise, wie schmatzend, zu Boden fiel.« – Er ziehe es an, habe der Fremde gerufen, berichtete Litfás, aber das habe ihn eigentlich schon gar nicht mehr interessiert, gefesselt sei er da längst von etwas ganz anderem gewesen, das mit der Geschichte selbst kaum mehr etwas zu tun gehabt habe.

»Mittendrin, während er von seinen Würmern erzählte und in einem fort mit dem Hut auf dem Tisch vor ihm spielte«, rief jetzt der Einarmige, »sah ich es plötzlich: Sein langes, gewelltes, rotes Haar wippte beim Reden selbst wie ein dichtes Grasbüschel auf und ab, und jedesmal wenn er stöhnte und dabei seinen

Kopf in den Nacken warf, war es, als flamme ein Feuer auf und lecke über den Himmel hinter ihm, bis schließlich der ganze Horizont um uns herum wie von einer einzigen riesigen Feuersbrunst lohte. – Und stell dir vor: Am nächsten Tag erfuhr ich dann, daß Amerika an diesem Nachmittag einen weiteren Krieg erklärt hatte.«

Er lehnte sich zurück und hakte seine Linke unter dem Armstumpen ein. – »Damit will ich nun nicht etwa behaupten, daß ich in die Zukunft sehen könnte«, sagte er und beugte sich vor. – »Die Zukunft ist ohne Belang. In sie zu sehen ist eine Rechenaufgabe, die vielleicht später einmal drankommt. Ich interessiere mich ausschließlich für die Gegenwart und die Vergangenheit – für diese rasche, kaum merkliche Bewegung, mit der ein Augenblick aus der Gegenwart zur Vergangenheit zurückmuß, kaum daß er noch war, und doch seine Spuren jetzt und jetzt und hier hinterläßt. Diese Bewegung!« rief der Einarmige wieder. »Die Spur des Wurmes, der dort drüben kriecht, sie aber hier hinterläßt.« Er klopfte mit dem Zeigefinger wieder auf seinen Bauch. »Der Lichtabdruck der Glühbirne hier an der Wand, wenn ich die Augen wieder aufmache. Das Wissen darum, was jetzt – aber *dort* passiert!« Er wies mit seinem Kopf zur Eingangstüre und durch sie hinaus in die Dunkelheit.

»Alles, was für unser Leben Bedeutung hat, passiert in unserer Abwesenheit, habe ich gesagt – sagen die Schriften!« korrigierte er sich. »Und es ist gut so. – Das Geschehen selbst, die Fliege des Augenblicks, wie wir es nennen, ist ohne Belang. Es ist nicht gut und nicht böse, denn in ihm sind, wie man sagt, alle Kräfte freigesetzt und ohne Schuld. Was interessiert ist die Schleifspur aus Blut und Sekreten, die zurückbleibt, auch wenn die Fliegenreste selbst längst weggekehrt sind.«

Er schlug sich jetzt mit der Linken auf den Armstumpen, der ein Stück unter dem Nachthemd hervorstand.

»Von den Wanderameisen und den Würmern dieses Mannes war damals schon längst nichts mehr übrig (nicht einmal mehr in seiner Erzählung!) – außer in diesem Haar! Und das gab den Ausschlag. In ihm wurde für mich jener Krieg erklärt. – Mein Hiobsfleck!« rief Litfás, »die Litfás'sche Röhre!«

»Stop!« rief er wieder.

»Jener Anhang zur Handschrift von Hetföhely, von dem ich früher sprach, fordert auf alle Fälle Unmögliches von uns. Wir können nicht denken, wie die Welt ohne uns war! Aber das ist auch nicht das Entscheidende, denn wie immer sollte man zunächst auf das Nebensächliche achten, darauf, was sich unscheinbar dem Blick entzieht, sobald man ihn hinwirft. Und aus ihm läßt sich dann vielleicht doch die Hauptsache erschließen. – Dieser Text gibt uns nämlich in seinen oft nur ganz beiläufig hingeworfenen Passagen zu verstehen, daß hinter der Verheißung von der Auflösung einer Gemeinde von Biereschek, der die Niederschrift ihrer Geschichte gelungen ist, mehr steht als bloß dies. Mit ihr, deutet er an, hätte man von der Wahrheit nicht mehr erfaßt als Sonnenlicht in einer offenen Hand Platz hat.«

»›Wie aber‹, beginnt der Zusatz unter Hinweis auf die vorangegangene Verheißung, ›wenn sie‹ (gemeint ist die Niederschrift der Geschichte) ›nicht mehr wäre als der Tritt auf die Sprosse einer Leiter, so schwer, so leicht?‹ – Hier bricht der Text zum erstenmal ab und fordert so den Leser auf weiterzudenken, denn hier schon scheiden sich die Wege. Entweder heißt das nämlich, daß es sich beim Gelingen der Aufzeichnung um nichts als die Bezwingung einer einzigen Sprosse der in Wirklichkeit unendlichen Leiter handelt – und dann wäre diese (obwohl sie noch keiner Gemeinde gelungen ist, auch den Ilmüczern nicht!) wohl relativ leicht, wer aber hätte andererseits noch Lust, auch nur eine Sprosse zu besteigen, wenn er weiß, wie wenig damit getan ist?« warf Litfás ein. »Welchen Sinn hätte es denn, und wer verstünde da nicht, daß wir zögern? – Oder aber«, fuhr er fort, »es gibt tatsächlich nur diese eine Sprosse, und dieser Satz bedeutet, daß wir mit ihrer Überwindung wirklich alles andere mitüberwunden hätten und mit dem Zipfel der Wahrheit gleichsam die Wahrheit selbst – sozusagen wie eine Fahne – eingeholt hätten . . . wäre das so, dann allerdings läge diese Sprosse so hoch, daß sie für unsere kurzen Beine absolut unerreichbar ist, denn trotz allen Zögerns dürfen wir doch zumindest das von uns behaupten, daß unser ganzes Leben nichts anderes ist als der ständige Versuch, diese eine Sprosse zu erklimmen. – Aber wie dem auch sei«, brach der Einarmige seine Überlegungen ab. Er nahm einen Schluck aus seinem Glas und drückte es lange, wie in Gedanken, an seine Unterlippe.

»Die zweite Zeile wiederholt die Frageformel der ersten«, erklärte er. »›Wie aber‹, heißt es in ihr, ›wenn das einzig bedeutete, wieder zurückzukehren an den Ort der Tat, von welchem geschrieben ist, daß er nicht sei?‹«

Der Einarmige warf mir einen schnellen Blick zu. »Was wird ausgesagt?« fragte er. – »Etwa, wie ich überzeugt bin, daß es uns in demselben Maße, in dem es uns mißlingt, diese erste Sprosse zu besteigen, unmöglich ist, an jenen Punkt zurückzukehren, von dem unser Unternehmen seinen Ausgang nahm! – Daß wir also sozusagen auf ewig zwischen Himmel und Erde aufgehängt bleiben, dem Gespött der Welt preisgegeben – das Standbein auf dem Boden, das Sprungbein, halb schwebend, in der Luft?«

Sein Blick lag weiterhin auf mir, irgendwie hatte ich mich stillschweigend damit abgefunden, daß ich hierbleiben sollte, und sei's für immer. Ich saß auf seinem Stuhl, halb zur Seite gedreht, die Hände über der Lehne gefaltet, die rechte Wange auf dem rechten Handrücken, halb schlafend, und in diesem Halbschlaf einverstanden mit allem, was er sagte.

Manchmal, wenn mir dabei der Arm einschlief, wechselte ich die Stellung, nahm die Kutscherhaltung ein und hörte ihm, die Arme auf die Oberschenkel gestützt, der Kopf wie etwas Schweres zwischen den Schulterblättern hin und her schlagend, zu, während er immer weiter redete.

Seine Worte klangen wie leises Rauschen, meine Augen, die offen standen, folgten dem langsamen Auf und Ab seines Nachthemdsaums, der den Bewegungen seines Körpers folgte, mit denen er seine Rede unterstrich. Es erinnerte mich an das rhythmische Anschlagen von Wellen an einem leeren Strand, und während seiner Ausführungen, die mir wie die Wiederholung von etwas längst Vertrautem erschienen und dadurch zum Schlafen geradezu einluden, mußte ich tatsächlich ein paarmal eingenickt sein, denn immer wieder hatte ich das Gefühl, Litfás sage manche Sätze zweimal und öfter, so lange, bis sie sich in meinem Kopf schließlich zu Bildern verwandelten, die noch eine Zeitlang nebeneinander stehen blieben und nur nach und nach verloschen – wie der Lichtabdruck jener Glühbirne, von der er gerade erzählt hatte.

Zur Geschichte des Tauschhandels

»Stop! – Du erinnerst dich an die Gründersage«, sagte er auf einmal so unvermittelt und laut, daß ich aus meinem Traum auffuhr und, wie selbstverständlich schuldbewußt, nickte. »In ihr wird doch davon berichtet, daß Ég Gott ins Antlitz getreten habe, nachdem die Gründerväter das Land untereinander aufgeteilt hatten. – Richtig«, bestätigte er, so als hätte ich ihm gerade eine schwierige Prüfungsaufgabe gelöst. – Aber so als müsse er mir gleichzeitig beweisen, daß ihm meine Unaufmerksamkeit nicht entgangen war, daß ich und wie sehr ich eben doch nur der Schüler war und er der Lehrer, schränkte er sein Lob gleich wieder ein.

»Richtig«, wiederholte er, »und trotzdem falsch.« Er war zufrieden. »Falsch, weil der eigentliche Frevel *vor* diesem Zeitpunkt geschehen war und Égs Tat nur als Reflex auf ihn verstanden werden kann, als freilich verbrecherischer und in seiner Untauglichkeit den Frevel noch erschwerender, aber im Grunde auch irgendwie unschuldiger Versuch, die begangene Untat wieder gutzumachen. – Wie erklärt sich das?« fragte Litfás, und es war wieder keine Frage, die er da an jemanden richtete, sondern nur eine Floskel, die er sich für diesen Augenblick vorbereitet hatte, ein Vorwand, unter dessen Segel er noch weiter ausholen konnte.

»Die eigentliche Untat«, erklärte er, »war die Aufteilung des Landes. Es ist das älteste und oberste Gesetz, welches uns Biereschek den Landbesitz untersagt, den Landbesitz und damit freilich jedweden anderen Besitz schlechthin. – ›Ist nichts, war nichts, wird nichts‹, heißt der letzte Satz der Gründersage. – Sagt das nicht alles?« rief er. »Wird uns damit nicht in aller Deutlichkeit zu verstehen gegeben, daß wir zum Scheitern verurteilt sind – ein für alle Mal?« Er blickte mich bedeutungsvoll an, und so als richte er jetzt diesen Satz warnend an mich, wiederholte er: »›Ist nichts, war nichts, wird nichts.‹ – Und weißt du, wie die Gründersage beginnt?« fragte er dann. »Sie beginnt mit einem Stimmungsbild. – ›Die Hände des Fleißigen ruhen‹, heißt es da«, zitierte er, und ich erschrak, denn ohne zu wissen, woher sie stammten, hatte ich diese Worte hier einmal irgendwo aufgeschnappt oder gelesen und auswendiggelernt, weil sie mich eigentümlich berührt hatten. »›Nichts regt sich‹«, fuhr der Einarmige fort, ohne meiner Reaktion Beachtung zu schenken und den Blick unbewegt auf dem Regal hinter mir, so als nähme er die Worte aus einem seiner Fächer. »›Die Luft ist glatt wie ein Spiegel. – Möglich, daß woanders gerade ein Verbrechen geschieht, so namenlos, so kraftlos ist alles.‹ – Das sind Sätze, die wie das Geflüster in Umarmungen klingen, und doch meinen sie jenen Augenblick, in dem das Böse das Gute in seiner Umarmung erstickt.« Wieder machte Litfás eine Pause.

»›Wenn Ahura schläft, wird die Welt verteilt‹, sagt man bei uns.« Er erhob seine Stimme. – »Es ist die namenlose Stille des Mittags, dieses schreckliche, alle Hoffnungen vernichtende Schweigen der Sonne, das uns die verbotene Frage stellen läßt, deren Antwort uns von dieser Sage gegeben wird und die jede Generation aufs neue mit Blut und Tränen erkauft. – Ég, Hal, Jár, Szél«, zählte er auf. »Diese vier Männer haben damals an jenem Wasserloch, das wir das *Auge Ahuras* nennen und von dem es heißt, daß es sich niemals schließe, mit dieser Frage den Schlaf des Heiligen Alten gestört. Sie ist der Anfang alles Bösen, weil sie Rechenschaft fordert. – ›Woher kommen wir, wer sind wir, wo gehen wir hin?‹ – Wer so fragt, erhält Antwort. Sie baten Ahura um ein Zeichen, und er hat es ihnen gegeben. Für einen Augenblick teilten sich die Wolken, berichtet die Sage, und das Licht der Sonne fiel auf die sich über dem Wasser zum Schwur kreuzenden Arme der Männer, so daß Schatten und Ufer zum Rad verschmolzen. – Der kleine Zeuge! ›Schatten, der sichtbar wird‹!« rief der Einarmige. »Sie ließen das Rad niedersinken vor dem Kreuz!«

Jetzt schrie er fast.

»Und den Schatten dieser vier Arme entlang haben sie dann das Land aufgeteilt!« Er machte mit seiner Hand die entsprechende Bewegung. »Daß Ég dann auch noch in die Pfütze trat«, rief er wieder, »das war nur noch ein Weiteres – der überstürzte Rückzug des ersten, der begriffen hatte, was geschehen war, das Zurückschrecken nach der Tat und der Versuch, die hinterlassenen Spuren wieder zu verwischen.«

Wie um sich von seinen Ausführungen zu erholen, von denen er sichtlich mitgenommen war, griff Litfás wieder nach seinem Glas – aber sowohl das Glas als auch die Flasche, die hinter ihm auf dem Ladentisch stand, waren leer. Und so schnell die Aufregung über ihn gekommen war und so sehr sie ihn erschöpft hatte – sein Gesicht war dunkelrot angelaufen, die Hände zitterten, und von seiner Glatze rann in Strömen der Schweiß –, so schnell verflog sie wieder. Er faßte sich, und ich fing den raschen Seitenblick auf, den er auf mein Weinglas warf, so als überlegte er, wie er seiner habhaft werden könnte. Ich hatte meine Hand um es geschlossen, so daß er nicht hineinsehen konnte. Er gab sich einen Ruck. – »Entschuldige«, sagte er, als er mich mit dem Ärmel seines Nachthemds am Hinterkopf streifte, während er eine der vier noch vollen Karaffen vom Regal in meinem Rücken herunterholte. Wie schon beim ersten Mal zog er den Papierkegel mit den Zähnen heraus; diesmal aber spuckte er ihn nicht vor sich hin auf den Fußboden, sondern legte ihn, beinahe behutsam, neben die Flasche auf die Tischplatte und schenkte sich nach.

»Man kann nichts rückgängig machen«, fing er wieder an. »Jeder Versuch, Geschehenes wieder auszulöschen, macht alles nur noch schlimmer, trübt das Klare ein. – Dir das Klare«, sagte er bedeutungsvoll, »mir den Schlamm! Nicht unsere Taten zählen«, wiederholte er, »sondern das, was sich in unseren Taten verschweigt. – Egal. So sehr unsere Vorväter – und in ihrem Gefolge dann wir – versucht haben, die Untat wieder gutzumachen, so sehr haben sie und wir zur Vergrößerung der alten Schuld beigetragen. – Das Land, einmal geteilt, bleibt geteilt. Ahura nimmt nicht zurück, was man ihm gestohlen hat!« Er trank sein Glas auf einen Zug aus und wog es dann in seiner Hand.

»Zu jener Zeit nämlich«, sagte er und blickte auf seine Linke hinunter wie auf einen Stein, der auf dem Grund eines tiefen Sees liegt, »etwa ein Menschenalter nach dieser Freveltat und nachdem unsere Gründerväter – jeder auf seine Weise – für sie bestraft worden waren, tauchen die ersten Berichte vom Potlatsch auf. Vom großen, vom Nagypotlás!« betonte er. – »›Potlás‹ heißt zu deutsch ›Ersatz‹, sagte ich, und um Ersatz drehte es sich dabei in zweierlei Hinsicht: Zum einen war der Potlatsch nämlich als Sühneopfer an Ahura gedacht, mit dessen Hilfe die Vergebung unserer Schuld herabgefleht werden sollte, zum anderen ermöglichte er allerdings durch seine raffinierte, zwiefältige Anlage, daß auch alle nachfolgenden Generationen das Verbrechen unserer Vorväter, nämlich zu stehlen, was ihnen geschenkt worden war, zumindest symbolisch und im kleinen für sich wiederholen konnten. – Der Potlatsch!« rief der Einarmige und schlug dazu mit der geballten Linken fest auf die Kante seines Verkaufspults. »Der Hausbesuch! Die Aufteilung der Beute! – Du hast ihn am eigenen Leibe erfahren!« sagte er, und ich spürte seinen Blick auf mir, sah aber nicht auf.

»In einer heute leider nicht mehr erhaltenen Handschrift«, fuhr er dann, wieder ruhig, fort, »wird uns erzählt, daß Oda Vissza, der Sohn von Szél, als Buße für die Ermordung seines Vaters und gleichzeitig zur Sühne der von diesem begangenen Verbrechen seiner Frau anläßlich der Mannbarkeit ihres ersten Sohnes seine gesamten Besitztümer abgetreten haben soll. Odas Frau wiederum, heißt es, habe, um sich ihrerseits reinzuwaschen von Schuld und um ihr Teil zur Wiedergutmachung der Untaten ihres Mannes und Schwiegervaters beizutragen, die Sippen der drei anderen Gründerväter zu sich eingeladen und in einem drei Tage dauernden Fest, in dessen Verlauf der darüber wahnsinnig gewordene Oda sie mit einer Schere erstach und dafür, im Gegenzug, vom eigenen Sohn erstochen wurde, das ihr übertragene Erbe unter den anderen aufgeteilt. – Dem Beispiel der Familie Odas seien die drei anderen Sippen gefolgt, wenngleich unter Unterlassung des Vatermordes, und jede Frau verschenkte beim Tod ihres Mannes das ihr zur Mannbarkeitsfeier des Erstgeborenen übertragene Erbteil, die Früchte der Arbeit einer Generation, an die Mitglieder der drei übrigen Stämme, und dies unter Mißachtung auch unseres zweiten Gebotes, welches neben der Nichtannahme auch die Weitergabe von Geschenken an dritte Personen ausdrücklich untersagt, das heißt, sie gab weiter, was ihre Familie an Gütern auch während der vergangenen Potlások zugefallen war. – Stop.« Der Einarmige dachte nach.

»Auf diese Weise entwickelte sich bei uns eine Art Tauschhandel und aus ihm wiederum die heutige Spielart der Hausbesuche, diese gesetzlich geschützte Form der Dieberei. – Ursprünglich überließ jeder die Überschüsse, die das geraubte Land ihm abgeworfen hatte und die sich im Laufe der Zeit in seinen Schobern türmten, den anderen als Ersatz für die Abtretung der Fruchtnießungsrechte, behielt das Land selbst allerdings weiterhin für sich. So konnte er sich von den Früchten der eigenen Arbeit ständig nebenher versorgen, während er mit dem, was ihm fehlte, in regelmäßigen Abständen beim Potlatsch der anderen versorgt wurde. Später dann ging der Gedanke der Rückschenkung und des Erhaltens von Geschenken – wohl auf Grund der zunehmenden Einsicht in die Sinn- und Hoffnungslosigkeit dieser Wiedergutmachungsversuche – verloren, und an seine Stelle traten Habgier und Raublust, der Wunsch, sich so zu bereichern wie unsere Väter, ein Vorhaben, dessen Ausführung noch durch den Umstand begünstigt wurde, daß das Raubopfer eine alleinstehende Frau war, deren Schutzlosigkeit den versteckt ohnehin ständig vorhandenen Rachegelüsten der Männer entgegenkam. Denn mit dem Potlatsch war es allmählich zu einer schwerwiegenden Verschiebung in den Machtverhältnissen unserer Gesellschaft gekommen«, führte der Einarmige aus.

»Dem Potlatsch verdanken wir die Arbeitsteilung«,

sagte er. »Der Mann hatte angefangen, sich ausschließlich der Erzeugung zu widmen, während die Frau das alleinige Vertriebsrecht zugesprochen erhielt. Damit aber ging die Macht von den Männer über auf die Frauen, und das hatte scheinbar auch sein Gutes, denn die Frauen täuschen von Natur aus unschuldiger und sind deshalb beim Handeln geschickter. – Schließlich jedenfalls zählte der Mann gar nichts mehr, die Frau dafür alles.«

»›Nur ein toter Sohn ist ein guter Sohn‹, geht ein altes Sprichwort bei uns. Es stammt noch aus der Zeit, als der Potlatsch zur Mannbarkeit des Erstgeborenen ausgerufen wurde. Und obwohl wir das heute nicht mehr so halten – die Einstellung zum Mann ist die gleiche geblieben. Nur so lange zählt er, wie er noch nicht mannbar geworden ist (und was glaubst du«, warf Litfás ein, »mit welchen Mitteln die Mütter damals, als sie mit dem Ende der Kindheit ihrer Söhne noch alles zu verlieren hatten, die Mannbarkeit hinauszuschieben und zu verhindern suchten, während die anderen Frauen sie vorantrieben, wo es nur ging!) – Ist dieser Zeitpunkt einmal gekommen, dann ist für uns alles vorbei. Noch heute. – So viel die Söhne den Frauen aus diesem oder jenem Grunde bedeuten mögen – ihre Männer bedeuten ihnen nichts. Ein Wink der Frau genügt, und der Mann muß gehen. Eines Abends kommt er nach Hause, sein Werkzeugkasten steht vor der Tür, ein Sacktuch, in das eine Tagesration eingeschlagen ist – Brot, Fleisch, Früchte nach Jahreszeit – liegt daneben, und er weiß: Jetzt hat er alles verloren. Vorbei. Aus.« Er zog die Luft durch die Zähne ein, in seinen Augen standen Tränen. Ich sah weg. Ohne zu fragen, wußte ich, daß es ihm so ergangen war.

»Egal«, sagte er.

»Wenn wir heute arm sind –« Er betonte jedes Wort einzeln, stellte sein Glas zurück auf den Tisch und schob es mit dem Zeigefinger ein Stück von sich weg. »Wenn wir heute arm sind«, wiederholte er und nahm nach dieser Abschweifung seine frühere Rede wieder auf, »dann bedeutet das allerdings nicht im geringsten, daß das Verbrechen unserer Väter vergessen wäre und wir uns wieder dem Zustand der Unschuld und der Gnade nähern – im Gegenteil! Daß wir arm sind, heißt nur, daß das Böse seine schöne Maske hat fallen lassen und dahinter endlich Wahrheit in ihrer Abscheulichkeit sichtbar geworden ist, daß uns gezeigt wird, wovor wir seit je geflohen sind: vor dem Anblick der nackten Mauern unserer Gier. – Es bedeutet also nur, daß der Zeitpunkt der eigentlichen Strafe nähergerückt ist. – Die dritte Drehung der Schraube!« rief der Einarmige aus.

»›Wenn die Lager voll sind‹, heißt es einmal in den Schriften, ›wehe, dann feiert der Hunger!‹ – Nicht die Sühne für die verbrecherische Teilung des Landes war der Endzweck jenes ersten Potlatsch, nein, sein Zweck war es, sie für immer zu ermöglichen – auf ewig Beute zu machen und Beute zu teilen. Und so wie unsere Vorväter jene Untat begingen, so hat jede neue Generation seit damals mit immer neuer und immer noch größerer Hartnäckigkeit und Verstocktheit ihren Frevel wiederholt. Aber – und das ist der Hohn und gleichzeitig schon ein Teil unserer Strafe: Je mehr wir zu besitzen versuchen, desto weniger scheint es uns zu gelingen. Heute haben wir so gut wie gar nichts mehr.«

»Jetzt wirst du vielleicht verstehen«, erklärte Litfás und blinzelte dabei vor Übermüdung, »was es mit der Legende von den Namen auf sich hat und weshalb ich schon am ersten Abend unbedingt mit dir sprechen wollte – bevor dich der Jude noch mit seinen Geschichten verwirren konnte: Die Namen unserer Gründerväter (und dasselbe gilt im Grunde für unsere, für die heutigen Namen) waren Zuordnungsbezeichnungen, die jeweils auf das gestohlene Land und die damit gemachte Beute verwiesen. Immer komplizierter, immer zusammengesetzter wurden im Lauf der Zeit freilich unsere Besitzverhältnisse und der direkte Bezug zu den Erträgen, die der Besitz abwarf, und immer schwieriger gestaltete sich damit auch die Namensgebung, mit der der in Verlust geratene und in der Zwischenzeit neu hinzugekommene Besitz bezeichnet werden mußte. – Mehr noch: Als es im Zuge unserer Bürgerkriege, des Streites zwischen Minim und Malchim, Histrionen und Monotomoi, und im Gefolge von Seuchen und Hungersnöten zur Dezimierung unserer Bevölkerung kam, verschlechterten sich die Bedingungen für die ordnungsgemäße Ausrufung des Potlatsch radikal, denn oft konnte nun nicht mehr auf den Erst- oder Zweitgeborenen zurückgegriffen werden, oft mußten Verwandte zweiten und dritten Grades herangezogen werden, und die Übertragung des Erbes erfolgte unter Vorzeichen, die eine Katastrophe unvermeidbar machten. – Aus dem Erb- oder Verwalter wurde ein Stellvertreter, und was ehedem noch billig und gerecht gewesen war, daß nämlich dem Sohn genommen wurde, was sich der Vater widerrechtlich angeeignet hatte, verlor seinen Sinn.« Der Einarmige machte eine Pause und runzelte die Stirn.

»So sehr verwirrte sich alles«, fuhr er fort, »daß man schließlich keinen anderen Weg mehr sah, als von den im Zuge der Hausbesuche geraubten und verteilten Güter zurückzuschließen auf den Namen des jeweils neu eingesetzten Verwalters oder Stellvertreters. – Heute heißt du ›Halbwegs‹«, faßte der Einarmige zusammen, »und alles scheint leicht und klar. – Aber bist du's auch wirklich? gehörst du tatsächlich zum Stamme Járs, des Mannes, der ging, wie wir sagen? – Und hieß ich zu Recht früher einmal ›Sieben-See-und-kein-Wasser‹, Nachkomme von Hal, dem Fisch?« Er fuhr sich mit dem Handrücken an die Stirn, als fieberte er.

»Ég, Hal, Jár, Szél«, zählte er noch einmal auf. – »Wüßten wir tatsächlich über unsere Herkunft Bescheid – was wäre dann wohl leichter als jene erste Sprosse zu erklimmen, von der ich vorhin sprach? Was gäbe es Einfacheres als die Geschichte unserer Gemeinde zu schreiben – und damit die Geschichte der Besitzverhältnisse, der Diebstahlsverhältnisse!« verbesserte er sich. »Was wäre dann schneller geschehen als die Rückkehr an den Ort der Tat – zu jenen vier Männern an der heiligen Quelle, die unser erstes Gebot brachen, während Ahura schlief? – Aber von jenem Ort wird immer wieder nur berichtet, daß er nicht sei. Und so sehr wir uns auch anstrengen mögen, wir finden den Weg zu ihm zurück nicht!«

Der Einarmige hatte seine Rede beendet, und mit einer raschen Drehung seines Oberkörpers glitt er von der Platte seines Ladentisches, auf der er die ganze Zeit halb gesessen war. – »Wer den Potlatsch ausruft«, sagte er, während er an mich herantrat, »schafft die Schuld nicht ab, sondern verlängert sie. – Was wir tun können ist vielleicht eins: die Namen zurücklegen, auf das Erbe verzichten, grau unter grauen Steinen verschwinden, wie man so sagt.«

Er sah mich an. – »Gehn wir etwas essen«, sagte er und schnaufte. »Ich habe Hunger.«

Ich stand auf, müde und, ohne zu wissen weshalb, leicht, wie in die Luft geworfen. Einen Augenblick lang hatte ich das unsinnige Verlangen, ihm für seine Worte zu danken wie einem Vortragenden, und wie um ihm tatsächlich die Hand zu schütteln, tat ich einen Schritt zu ihm hin. – Er aber nahm davon gar nicht Notiz, sondern beugte sich hinunter, um eine Schiebetür in seinem Ladentisch zurückzuziehen, und kramte eine Weile in den beiden Fächern dahinter herum.

»Nicht da«, sagte er kopfschüttelnd, wahrscheinlich auf der Suche nach Hose und Schuhen, die er für seinen Ausgang benötigte. Er zog eine zweite Tür auf, aber auch das Fach hinter ihr enthielt nicht das Gesuchte. Eine Werkzeugkiste mit einem langstieligen Schusterhammer, einer Zange und allerlei anderen

Utensilien stand darin, und übereinandergehäuft lagen von Schnüren zusammengehaltene Schuhpaare, die über und über von Staub bedeckt waren und wohl aus jener Zeit stammten, in der er noch zwei Arme und zwei Hände besessen hatte. – Beim Anblick dieser Kiste fiel mir wieder ein, was er gerade vorhin von den Frauen erzählt hatte, die ihre Männer aus dem Haus jagten, wann es ihnen paßte, und so als würde auch er sich plötzlich wieder erinnern, setzte er sich schwer auf den Stuhl, den ich soeben freigemacht hatte, und schüttelte, die Stirn in seine linke Hand gestützt, nachdenklich den Kopf.

Dann aber stand er auf, schlug das Klappbrett, das den schmalen Durchlaß zum Verkaufsraum freigab, hoch und schlüpfte durch. Mit zwei zielsicheren Schritten war er beim Kundensessel und zog die gesuchten Kleidungsstücke darunter hervor. – Aber als wäre er damit schon am eigentlichen Ziel, ließ er sich nun in den gepolsterten Sessel fallen und starrte mich, mit seinen Gedanken offenbar ganz woanders, wie einen Fremden an.

»Geh allein«, sagte er schließlich, so als erinnerte er sich plötzlich wieder an seinen Vorschlag. »Geh allein.«

Ich ging zur Tür und wollte sie öffnen, aber noch einmal hielt er mich zurück. »Die Schublade!« rief er, und ich wußte, ich sollte aus ihr sein Geschenk für Anna nehmen. Ich tat ihm den Willen. – Es war ein bebilderter Katalog, offenbar das Jahresprogramm eines Verlagshauses. Ich las die Aufschrift, die in einem breiten Balken diagonal über das Deckblatt lief. »Bibliothek des schönen Wissens und der Unterhaltung« stand da.

Rák fiel mir ein, und das Versprechen, das er mir vor seinem Weggehen gegeben hatte. Allem Anschein nach handelte es sich bei dieser Bibliothek um eine Serie von Sammelbänden, die in regelmäßiger Folge erweitert wurde und deren Abonnent Rák war.

Noch einmal warf ich einen Blick auf das Deckblatt. Eine Reihe von Überschriften verwies großtuerisch auf Seiten im Kataloginneren. Ich las: »Abenteuer Südamerika« und daneben: »Das Geheimnis der schwebenden Insel«. Ein weiterer Titel lautete: »Alles über die Yahoos«, ein vierter: »Neue kleine Sternenkunde.« – Es waren alles Dinge, von denen mir mein Göd vorgeschwärmt hatte, und einen Augenblick lang schwankte ich, was ich davon halten sollte. – »Ich bin jetzt Ihr Göd!« hatte er gerufen. »Ich werde sie Ihnen vermachen!« – Hatte er das hier gemeint?

Ich wandte mich um, um noch zu fragen, woher oder von wem er diesen Katalog hatte, aber der Einarmige schlief schon fest, und wie zur Antwort auf die Frage, die ich ihm gerade hatte stellen wollen, seufzte er einmal tief und legte dabei seinen Kopf zur Seite.

Klaus Hoffer
Halbwegs. Bei den Bieresch 1
Collection S. Fischer
Fischer Taschenbuch Bd. 2306
Ausgezeichnet mit dem Rauriser Literaturpreis

»Dieses [Labyrinth] ist aber kein beschränktes, fatalistisches Schicksalsgefängnis, sondern ein weltweiter, luftiger, zuweilen sogar fröhlicher Jahrmarkt der tief- und auch blödsinnigsten menschlichen Ideen.«
Peter Handke in »Der Spiegel«

». . . das Gefühl eines Geheimnisses, das eine mehrmalige Lektüre nur noch verstärkt, bleibt an die brennende Gelassenheit von Hoffers Sprache gebunden. Wann habe ich zum letzten Male ein (zeitgenössisches) Buch mit einem unauflösbaren Rest gelesen!«
Urs Widmer in »Die Zeit«

»Hoffers Buch gehört zu jenen, die mir besonders unentbehrlich sind, weil sie den Nachweis erbringen für das, was Hoffers große Landsmännin Ilse Aichinger in den Gedichtversen ›Die Welt ist aus dem Stoff, der Betrachtung verlangt‹ sagt.«
Heinz F. Schafroth
in »Luzerner Neuste Nachrichten«

»Hoffer erzählt eine Geschichte voller Phantastik, in der man sich verlieren kann. Alles Unglaubliche erscheint denkbar, das Normale mit zunehmender Lesedauer widersinnig.«
Rolf Haufs in »Sender Freies Berlin«